KB057852

오늘
행복하기로
결심했다

오늘
행복하기로
결심했다

문이당

「쇼펜하우어의 행복수업」에 여러분을 초대합니다.

행복하거나 불행한 일이 찾아오면 여러분은 어떤 방식으로 대처하나요? 천성이 부정적인 사람은 성공한 아홉 가지는 거들떠보지도 않고 실패한 한 가지에만 집착하면서 고통스러워합니다. 그에 반해 긍정적인 사람은 성공한 한 가지 일에 커다란 의미를 부여하며 행복하게 살아간다고 합니다.

오늘, 행복하기로 결심해 보세요.
그런 의지가 나를 행복하게 만들어 준다는 것을 이 책을 통해 느껴보세요.

1장
사랑의 힘

사랑은 혹독하게 추운 겨울에도 장미를 피운다.
우리 인생에 있어 소중한 것 중 유일한 것이 사랑이다.

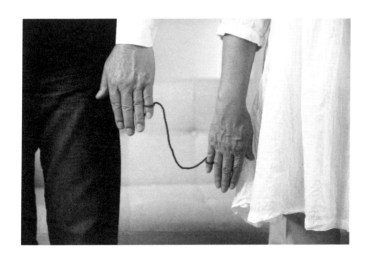

사랑, 당신의 삶을 견디게 하는 것

우리의 삶을 살아가게 하는 근본적인 힘은 어디에 있는가? 그것은 사랑이다. 고통과 불행으로 가득한 삶을 견딜 수 있게 하는 것도 사랑이며, 삶을 살아가는 힘을 얻게 하는 것도 사랑이다. 사랑은 우리가 험한 세상을 살아갈 수 있게 하는 힘이 되어왔던 것이다. 또한 사랑은 우리에게 무한한 힘과 용기를 주며 우리의 삶을 더욱 풍요롭게 하고 있다.

사랑은 모습을 잘 드러내지 않는다. 그 느낌만을 우리에게 전할 뿐이다. 보이지 않는 것이기에 사람들은 더욱더 사랑에 목말라 한다. 만약 사랑이 눈앞에 확연하게 드러나는 것이라면 사람들은 그렇게 애달아하지 않을 것이다. 모습을 감추고 나타날 듯 말 듯 하기에 사랑은 더 가치가 있으며, 세상 어디서든 빛날 수 있다.

지금 내가 살아가는 이유는 순전히 당신에 대한 사랑 때문이다. 당신에 대한 사랑이 아니라면 나는 진작 내 삶을 놓아버렸을지도 모를 일이다. 사랑하는 사람들은 연인의 사랑만 얻게 된다면 그것으로 더없이 행복한 일이다.

13

사랑, 우리 삶을 지배하는 폭군

어느 누구도 사랑에 쏟는 열정보다 더 큰 열정을 다른 일에 쏟지 못한다. 사업, 직장 일, 혹은 친구 관계 등 당신이 열정을 바치는 어떤 일도 사랑의 정열을 능가할 수는 없다. 사랑이 다른 모든 일보다 큰 위력을 발휘하는 것은 이런 이유 때문이다.

사랑은 우리의 삶을 지배한다. 사랑의 힘 앞에서 굴복하지 않는 것은 아무것도 없다. 그런 힘을 지니고 있기에 사랑은 세상에서 가장 의미 있고 아름다운 것일 수 있다. 하지만 사랑이 반드시 아름다운 것만은 아니다. 우리는 흔히 잘못된 사랑을 경험하기도 하며, 그러한 사랑은 한 사람의 인생을 망치게도 하고, 세상을 살아가는 데 필요한 지혜와 의지를 꺾기도 한다.

우리는 사랑을 얻는 대신 자신의 소중한 그 무엇을 잃기도 한다.

두 사람이 서로 사랑하는 사이라고 해도 주위의 환경이나 사람들의 반대에 부딪히게 되면 어려움을 겪을 수밖에 없다. 개인의 힘으로 사회의 관습을 끊어버린다는 것은 결코 쉬운 일이 아니다. 무릇 사랑의 비극은 여기서부터 시작된다. 살아 가는 일과 사랑하는 일 사이의 갈등. 사회의 관습과 사랑 사이에서 빚어질 수 있는 갈등 속에서 번민하는 사람들. 그들 중에는 최후의 방법으로 인생을 마감하는 선택을 하기도 한다. 그러나 죽음이 결단코 사랑의 완성이 아니다. 절망에 빠진 나머지 마지막으로 택할 수는 있겠지만 죽음은 비겁한 선택일 뿐이다. 죽음은 사랑을 완성시키는 것이 아니라 사랑을 포기하는 일이라는 사실을 명심해야 한다.

사랑의 가치는 사랑에 빠진 사람들의 진지하고 열정적인 태도에서 잘 나타난다. 모든 사랑의 궁극적 목적은 자기 존재의 회복이라고 할 수 있다. 사랑은 인생의 여러 목적 중에서 가장 엄숙하고 신중한 것이기 때문이다. 자신의 존재 가치가 달려 있는 일이므로 우리는 다른 일보다 더 사랑에 열중할 수밖에 없다.

사랑의 참모습

진정한 사랑은, 받는 사람뿐만 아니라 주는 사람에게도 많은 것을 선물한다. 아낌없이 주면 더 많이 받을 수 있는 것이 사랑이다. 사랑이란 상실이며 단념이다. 모든 것을 상대에게 주어버렸을 때 사랑은 더욱 풍부해진다.

진정한 사랑은 세상의 그 어떤 장애물도 뛰어넘을 수 있다. 어떤 사람들은 사랑을 위해서 스스로 생명까지도 내던지는 용기를 발휘하기도 한다. 사랑이 없는 삶은 가치가 없기 때문이다. 사랑의 힘은 그토록 대단한 것이다.

사랑은 시냇물과 같다. 시냇물은 어떤 경우라도 그 종착지인 바다에 반드시 도달한다. 사랑 역시 어떻게든 그 목적을 이루고 만다는 점에서 시냇물과 닮았다.

자신을 희생할 수 있는 사람은 진정 위대한 사랑을 경험할 수 있다. 사랑의 가치는 바로 이 희생에서 탄생하기 때문이다. 그러나 때때로 사랑은, 헌신이나 희생보다는 연인에 대한 증오심과 결합하기도 한다. 이런 경우에 생기는 증오심은 떨쳐내기가 쉽지 않다. 사랑이 깊으면 그만큼 증오심도 깊어지기 때문이다.

사랑은 상대를 위해 나 스스로를 개방하는 것이다. 외부로부터 나에게 밀려오는 것들을 온전히 받아들이는 일이 사랑이다. 그러나 두려움 때문에 사랑을 피하게 되는 경우가 있다. 사랑으로부터 도피해 저 멀리 구석에서 혼자 웅크리고 있는 사람들이 있다. 이런 사람들은 사랑은커녕 세상과 소통하기도 힘들다.

사랑을 얻고 싶다면

이 세상 어느 곳이든 사랑이 없는 곳은 없다. 하지만 사랑은 모든 사람들을 찾아가지는 않는다. 사랑은 치열한 노력을 통해 스스로 얻어내야 하는 것이다. 사랑을 구하기 위해 서로 따스한 어깨를 기댈 때, 사랑은 가만히 그 모습을 우리에게 보여 준다.

사랑하지도 않으면서 사랑받기를 바란다면 빨리 그 꿈에서 깨어나야 한다. 그 소망은 결코 이루어지지 않을 것이기 때문이다. 다른 사람을 순수하게 사랑하지 못하고 오로지 사랑받기만을 바라는 것은 잘못된 것이다. 주지 않으면 받을 수 없는 것이 또한 사랑이다.

우리들 중에는 때로 운명적으로 사랑이 저절로 다가오기를 기다리는 사람들이 있다. 그래서 그들은 적극적이지 않고 늘 수동적으로 사랑을 시작한다. 사랑을 위해 내가 먼저 헌신하지 않아도 언젠가는 그 사랑이 저절로 다가올 거라는 환상을 갖고 있기 때문이다. 사랑은 결코 마냥 기다리는 과정에서 이루어지지 않는다. 사랑은 기다리기만 해서는 절대로 찾아오지 않기 때문이다. 언제나 사랑은 능동적이어야 한다. 사랑이 다가오기를 기다리고만 있는 사람들은 불행하고 비극적인 삶을 살 수밖에 없다. 자신들의 잘못을 깨달았을 때는 이미 너무 늦은 경우가 많다.

　외부적인 조건이 아니라 본능이 이끄는 감정에 충실한 사랑이야말로 인생을 견디는 굳건한 성이 될 수 있다. 그러므로 사랑을 얻고 싶다면 이성이 아니라 본능에 호소해야 한다. 이성적 판단이 아니라 본능의 도움을 받는 것만이 진실하고 정열적인 사랑을 만들 수 있다. 세상에는 감정보다는 냉철한 이성적인 선택에 의해 결혼에 이르는 연인들도 있다. 하지만 그들은 결코 열렬한 사랑에 빠지는 일이 없다. 사랑은 이성적 판단이나 조건과 아무런 상관이 없다. 그런 외부적인 조건들이 작용해 결혼을 하거나 사랑을 할 수도 있다. 그러나 그것은 나사가 빠진 기계처럼 허술하고 위험할 수 있다. 언제 무너질지 모르는 모래성처럼 허약하기 짝이 없기 때문이다. 진실하고 열정적인 사랑을 얻고 싶다면 이성이 아니라 본능에 호소하라.

사랑은 열정이다

사랑에 빠지면 먼저 삶에 대한 의욕이 강하게 솟구친다. 모든 일에 긍정적이며 적극적인 자세로 달려들게 되는 것이다. 항상 들떠 있으며 모든 행동이 전에 비해 훨씬 좋은 방향으로 달라진다. 이 또한 사랑이 주는 선물이며 혜택이다.

사랑은, 두 사람이 가지고 있는 사랑의 기준이 일치하는 순간 이루어진다. 자기가 원하던 조건의 상대를 만났을 때 사람들은 쉽게 호감을 느끼며, 그것이 사랑으로 발전하는 데는 큰 무리가 없다.

상대가 자신의 마음에 꼭 드는 사람이라면 그에게 주는 사랑의 강도는 더 커질 수밖에 없다. 그러나 서로의 이상형이 모두 완벽하게 일치하는 경우는 드물다. 우리 주위에서 정열적인 사랑을 찾아보기 힘든 이유도 여기에 있다. 뭔가 부족함을 느끼면서도 사랑에 빠진다. 참으로 사랑은 신비하다.

사랑은 행복이다

사랑은 그 자체에 행복이 깃들어 있다. 사랑하는 그것만으로도 더없이 행복하고, 그 사랑을 고백하는 것 또한 행복한 것이다.

사랑은 불가능하다고 믿고 있던 일을 가능하게 만드는 기적을 가지고 있다. 그 기적이 현실로 우리 눈앞에 펼쳐질 때 우리는 감동하게 된다. 사랑의 힘으로 역경을 극복한 사람들을 보면서 우리가 감동의 눈물을 흘리게 되는 이유는 사랑이 우리에게 보여준 위대한 힘 때문이다.

사랑에 빠질 수 있다는 것은 모든 사람들의 신성한 권리이다. 비겁한 사람조차도 사랑하는 사람이 곤경에 처하면 모든 위험과 압력에도 불구하고 용기를 내게 된다.

25

사랑의 힘

다른 사람이 지니지 않은 자신만의 특별한 성격을 개성이라고 한다. 개성이 강하건 약하건 사랑의 정열은 어느 누구에게나 잠재적인 형태로 숨어 있다. 그 정열이 외부로 드러날 때 사랑에 빠지게 되는 것이다. 전혀 다른 개성을 지니고 있는 두 사람을 끌어당겨주는 힘이 바로 사랑이다.

사랑에는 정열이 있어야 된다. 서로가 정열이 없다면 아무리 잘 어울리는 사이라도 사랑이 싹트지 않는다. 친구 관계는 비슷한 사람끼리 만나는 경우가 많다. 그런 친구에 비해 서로 성격이 어울리지 않더라도 연인이 되는 경우는 많다. 정반대의 성격이라 할지라도 사랑이 싹트는 것은 정열이 그 두 사람을 맹목적으로 눈을 멀게 만들기 때문이다.

사랑은 감성이다

열렬한 사랑은 첫눈에 무르익는 경우가 많다. 이성적인 판단보다 감성이 월등하게 작용하기 때문이다. 말하자면, 사랑을 만들어내는 것은 이성이 아니라 감성인 것이다. 전혀 어울리지 않는 사람들이 사랑을 하는 것, 이성적으로는 납득이 안 되는 환경에 있는 사람들이 사랑을 하는 일. 그것은 바로 감성이 사랑을 만들어내고 있다는 증거를 확연히 보여주는 것이다.

이성적인 사고로 사랑을 받아들일 수 있다면 우리는 사랑에 대해 얼마든지 분석할 수 있을 것이다. 그러나 현실적으로 그런 일은 거의 불가능하다. 사랑은 이성이 결정할 수 없는 그 무엇이니까.

이성적으로 판단해 이상형이라고 생각했던 사람을 만나도

사랑의 느낌이 없는 경우가 있다. 그것은 틀림없이 감정이 움직이지 않는 경우다. 사랑을 시작하는 데는 이성보다 감정의 힘이 더 세다. 사랑은 감정이 이끄는 대로 시작되고 진행되는 것이다.

남자와 여자

사랑을 하면서도 한눈을 파는 것이 남자라면 여자는 한 번 사랑하면 그 사랑에 충실하다.

남자는, 여자를 자기 손에 넣으면 다른 여자와 비교하기 시작한다. 그리고 자기의 여자보다 다른 여자들이 더 아름답다는 느낌을 가진다. 참으로 불행하게도 남자가 가지는 사랑의 느낌은 연인과의 잠자리를 마친 순간부터 눈에 띄게 가라앉는다. 심지어 어떤 남자는 잠자리가 끝난 순간부터 여자를 바꾸고 싶어 하기도 한다. 하지만 여자의 사랑은 그렇지 않다. 잠자리가 끝난 순간부터 더욱 증가하는 경우가 많다.

남자는 언제나 다른 여자를 탐내고 있다. 여자는 오직 남편에게 충실하려고 노력한다. 남자와 여자는 신체구조와 정신 세계에서 많은 차이를 가지고 있다. 본능도 역시 다르다. 남자가 여자를 이해하고, 여자가 남자를 이해하는 것은 매우 어렵고 복잡한 일이다.

　이것은 자연이 인간에게 부여한 본능이다. 남자는 자신이 원하는 사랑을 여자를 통해 확인하려고 한다. 그리고 그 확인은 한 여자에 국한되어 있지 않다. 남자는 끊임없는 확인 과정을 통해 자신의 능력과 사랑을 확대하려는 본능을 가지고 있다. 반면 여자는 한 남자를 통해 사랑을 확인하려고 한다. 여자의 이러한 모습은 미래에 태어날 아기에 대한 부양자를 자신의 주위에 남겨 두려고 하는 모성 본능에서 비롯된다.

여자의 길

여자는 남자에 비해 판단력이 약하다. 바로 눈앞에 있는 구체적인 사건이나 사물에 의해 행동하는 경향이 있으므로 전체를 보는 인식의 힘이 약하기 때문이다. 자연은 사자에게 날카로운 발톱을, 코끼리에게는 이빨을, 황소에게 뿔을 주었 듯이 여자에게는 자기방어를 위한 위장술을 주었다. 자연은 남자에게 체력과 이성이라는 형태로 힘을 부여했으며, 여자 에게는 현실에 대한 적응력과 미적 감각을 주었다.

천성과는 달리 독립 상태에 놓여 있는 여자는 곧 아무 남자 에게나 집착하며, 그 남자의 의도대로 기꺼이 따라가고, 지배 받으려 한다. 젊은 여자는 연인을 구하고, 늙은 여자는 속내 를 털어놓을 남자를 구한다.

남자나 여자에게는 애초에 삶이 부여한 짐이 있다. 일이나 근로를 통해 남자가 그 짐을 지는 대신 여자는 해산의 고통으로 그 짐을 짊어진다. 해산, 육아, 남편에 대한 헌신으로 여자의 일생은 한평생 고달프다. 하지만 아내의 고통은 좀처럼 표시가 나지 않는다. 아내는 남편에 대한 사랑으로 아무 탈 없이 그와 즐거운 인생의 동반자가 될 수 있도록 노력하기 때문에 밖으로 드러나지 않는다. 따지고 보면, 여자가 남자보다 현실에 더욱 충실한 것이다. 어려운 일에 처했을 때 여자가 남자보다 강하게 일을 처리한다.

인간의 본능

이 세상에 살아있는 모든 생명체의 본질은 짝을 지우려는 의지적 행위이다. 그것이 바로 모든 것의 핵심이며 그것에 모든 실존의 목적이 있다.

이 세상에 완전한 인간은 없다. 그리고 인간의 주변에는 늘 불행이 서성거리고 있다. 그런 이유로 인간은 끊임없이 자신의 불완전함을 보완하려는 욕구를 가지고 있다.

그래서 인간은 자신이 가지고 있는 결함을 보충해 줄 상대가 나타나면 쉽게 사랑을 느낀다. 키 작은 남자가 키 큰 여자를 좋아하는 이유도 여기에 있다. 그것은 이성을 통해 자기 자신을 완전하게 유지하려는 욕구, 본능에 의한 자연스러운 일이며 사랑의 아름다운 산물이기도 하다.

만약 꿈에 그리던 여자가 눈앞에 나타나면 남자는 그 즉시 사랑의 감정을 불태운다. 그 여자를 얻기 위해서라면 어떤 일도 마다하지 않는다. 어떤 경우에 남자는 자신의 삶을 망쳐버리는 무모한 결혼도 망설이지 않는다. 그러나 훗날 시간이 흘러 사랑이 빈껍데기로 남게 되면 그는 비로소 깨닫게 된다. 사랑이 세상의 중심이었을지라도 전부는 아닌 것임을.

모든 연애는 인류의 생존과 유지에 이바지했다. 지금 우리가 살아가는 시대는 이전 세대의 사랑이 있었기 때문에 존재하는 것이다. 미래에 다가올 시대 또한 전적으로 우리의 사랑에 의존하고 있다.

남자는 자신에게 부족한 점을 가지고 있는 여자를 선택하는 경향이 있다. 여자의 경우도 크게 다르지 않다. 그 또한 사랑의 신비다. 인간은 본능적으로 자신에게 부족한 점을 메워 완벽해지려는 욕구를 지니고 있다. 그 욕구는 연애를 할 때 확연하게 드러난다. 본능적으로 자신에게 부족한 특성을 가진 사람을 찾게 되는 것이다. 그런 상대가 나타났을 때 우리는 그를 정열적으로 사랑하게 된다.

 연애결혼을 한 사람은 두터운 삶의 벽에 부닥치는 경우가 많다. 사랑을 담보로 결혼을 했지만 현실은 생각만큼 녹록하지 않아 슬픔을 대가로 치르기도 한다. 연애 시절의 환상은 깨어지고 현실의 벽을 만나게 된다. 말하자면 사랑의 환상이 서서히 사라지게 되는 것이다. 그러나 중매로 결혼을 한 사람들은 이런 종류의 슬픔은 경험하지 않을 수 있다. 그 결혼은 사랑에 의한 환상에서 시작된 것이 아니기 때문에 스스로 파탄에 빠지는 경우가 드문 것이다.

37

사랑은 환상

자신이 사랑을 선택할 수 있고, 또 그 사랑을 만들어갈 수 있을 것이라고 상상하는 것은 착각이다. 사랑은 때때로 우리가 준비하고 있지 않았을 때 갑자기 나타나서 우리를 당혹스럽게 만든다.

인간의 다른 본능처럼 사랑은 환상의 옷을 입고 나타나는 경우가 많다. 사랑하는 사람들이 다른 사람들보다 멋있고 아름답게 느껴지는 것도 환상의 거울에 비친 모습을 보고 있기 때문이다. 사랑에 빠지면 모든 것들이 기쁨과 넉넉함으로 다가온다. 사랑의 환상은 짜릿하면서도 도발적인 모험처럼 극적이다. 우리는 사랑하는 사람과 맺어질 수 있다면 영원히 행복할 것이라고 생각한다. 그렇다. 사랑이 이루어진다면 세상은 한없이 아름답다.

사랑은 세상을 살아가는 데 적지 않은 혼란을 가져와 시끄러운 사건을 일으키는 원인이 되기도 한다. 사랑은 가까운 친구 사이의 의리와 우정도 쉽게 배반하게 만든다. 어떤 일에 열중하고 있는 사람이라도 사랑에 빠지면 그 사람은 자신이 하고 있던 일을 포기하기도 한다. 맹세를 무너뜨리며 튼튼한 사슬도 끊어 놓는다. 사랑은 때때로 수많은 사람의 운명을 바꿔놓고, 그 사람의 건강, 재산, 명예, 행복 등을 한순간에 빼앗기도 한다. 사랑은 정직한 사람을 거짓말쟁이로, 충신을 반역자로 바꾼다. 사랑이 무작정 다 좋지만은 않다. 사랑의 이러한 역기능에 빠져들지 않도록 조심해야 한다.

사랑에 지친 사람들 중에는 극단적인 선택으로 삶을 포기하는 경우도 있다. 이러한 비극은 반드시 이루어지지 못한 사랑에 의해 생기는 것만은 아니다. 이루어진 사랑에도 종종 이와 같은 불행을 초래하는 경우가 있다. 사랑이 요구하는 것은 비현실적인 환상에 가깝기 때문이다.

성격을 비롯한 여러 가지의 것들이 자기와 어울리지 않는 다는 사실을 알면서도 그 사람을 단념하지 못하는 경우가 있 다. 결국 그 사람은 집착과 고통 속에서 갈등하고 방황하게 되는데, 무엇보다 무서운 것은 그 사람에겐 이성적 판단이 전 혀 생기지 않는다는 것이다. 그 사람에게는 자기가 지금 사랑 하고 있다는 사실보다 중요한 것은 없다.

사랑의 가치

사랑을 빼앗기거나 사랑하는 사람과 헤어졌을 때의 괴로움은 말로 표현하기 힘들다. 사랑하는 사람을 잃거나 단념을 하는 고통은 세상의 다른 어떤 고통보다 더욱 아프고 힘들다. 그것은 앞으로 살아갈 세상을 포기해야 하는 고통과 같기 때문이다. 그래서 사랑을 잃는다는 것은 세상에서 가장 큰 고통이라고 할 수 있다.

사랑이 이루어지지 않으면 그 사람은 몸만 상하는 것이 아니라 영혼까지 병든다. 사랑하는 연인들 사이에 소유욕은 가장 경계해야 하는 것이지만 가장 강력한 욕망이기도 하다. 거기에서 불행의 씨앗이 시작된다. 사랑은, 사랑 그 자체만으로 충분한 가치를 지닌다. 그 사실을 깨닫게 되면 당신은 완벽하고 진실한 사랑을 경험할 수 있을 것이다.

사랑은 이루어지면 행복하고, 이루어지지 않으면 불행한 것일까? 사랑은 환희와 고뇌를 동시에 선물한다. 시인들과 작가들이 수없이 사랑을 노래하고 묘사해 왔으면서도 다시 또 사랑에 대해 작품을 쓸 수밖에 없는 것은 사랑보다 흥미롭고 감각적인 주제를 찾을 수 없었기 때문이다. 사랑은 우리에게 안겨주는 감동만큼이나 숭고한 일면을 가지고 있다. 사랑은 그 어떤 것과도 비교할 수 없는 가치를 지니고 있다.

사랑은 가장 아름다운 삽화

　모든 시대의 시인과 작가들이 끊임없이 사랑을 묘사해 왔듯 많은 사람들이 사랑에 대해 말한다. 그러나 정작 사랑이란 실체를 본 사람은 아무도 없다. 그래서 사랑의 현실성과 자연성을 부정하는 사람도 있으나 그것은 잘못된 생각이다. 조용히 가슴에 손을 얹어 보라. 눈으로 확인할 수는 없지만 사랑이 가슴으로 느껴지지 않는가.

　세상에는 수많은 얼굴의 사람이 있듯 사랑도 수많은 형태가 있다. 사람의 얼굴 생김새가 다르듯 사랑도 그 사람에 따라 다르게 찾아온다. 따라서 사랑을 한 마디로 정의하는 것은 거의 불가능하다. 또한 세상의 그 어떤 시인이라도 사랑을 완벽하게 표현하는 것은 불가능하다. 그것은 시인의 재능이 부족해서가 아니라 사랑의 깊이를 가늠할 수 없기 때문이다.

세상에서 가장 아름다운 삽화는 사랑을 그린 것이다. 세상에서 가장 아름다운 시 또한 사랑을 주제로 한 시이다. 우리의 삶 중에서 가장 시적이며 가장 아름다운 삽화는 바로 사랑이기 때문이다.

사랑을 위하여

로미오와 줄리엣, 베르테르, 테스와 같은 인물들이 소설 속에만 존재한다는 생각을 버려야 한다. 그 주인공들은 지금, 우리 시대에도 존재한다.

단 한 순간의 사랑을 위하여 자신의 모든 것을 한꺼번에 버리는 사람이 있다. 그에게는 사랑이 뜻대로 이루어지지 않으면 이 세상의 어떤 것들도 모두 보잘 것 없게 느껴지는 것이다. 심지어 자신의 목숨까지도.

2장

세상을 지혜롭게 사는 비결

어리석은 사람은 멀리서 지혜를 찾지만,
현명한 사람은 자신의 발밑에서 지혜를 찾는다.
지혜란, 추구해야 할 것과 피해야 할 것에 대한 지식이다.

인생의 설계도

당신이 당신 인생의 감독이 되는가, 아니면 세상에 순응하며 적당히 살아갈 것인가는 순전히 당신이 당신 인생의 설계도를 얼마만큼 알고 있는가에 달려 있다. 즉 자신이 바라는 것은 무엇이며, 어떤 인생을 살려는가를 정확히 알아야 한다. 그래야 순간순간 계획성 있는 삶을 살아갈 수 있으며, 전체적인 인생 공정을 수시로 확인해 자기 인생이 다른 길로 빠지지 않도록 지켜줄 것이다.

소박한 설계도

인생을 살아가면서 저지르기 쉬운 잘못 중의 하나는 우리 모두 자신의 인생에 대해 너무나 엄청난 설계도를 그린다는 점이다. 하지만 우리가 이루고자 하는 것들은 몇 가지 특별한 것을 제외하고는 뜻한 대로 잘 실현되지 않는다. 세상을 살아가면서 그 소망을 이루기 위해 열심히 노력한다고 해도 이루어질 수 없는 것은 결코 이루어지지 않는다. 그것이 삶의 진리다.

이룰 수 없는 거창한 설계도보다는 이룰 수 있는 소박한 설계도가 낫다. 거창한 설계에 맞춰 인생이라는 집을 짓다 보면 쓸데없는 소모만 많아져 고생스러울 뿐이다. 우리가 계획했던 일은 애초에 예상했던 시간보다 많은 시간을 필요로 하는 경우가 많다. 그보다는 소박한 꿈을 이루고 나서 한가한 시간을 즐기는 것이 더 낫지 않을까.

현재가 중요하다

너무 미래만 생각해 걱정과 근심으로 현재를 살아가는 사람이 있다. 물론 미래에 대한 계획 없이 살아가는 것도 바람직하지는 않지만, 미래에 대한 계획과 배려에만 몰두하다 현재를 맛보지 않고 그냥 지나치는 일은 참으로 어리석은 일이다. 진실하고 현실적인 시간은, 바로 지금 현재뿐이다. 우리가 살아가는 일은 순전히 현재 속에 있다.

그러므로 오늘 현재 적당한 즐거움은 누리는 것이 좋다. 지난날의 잘못이나 미래에 대한 염려 때문에 얼굴을 찌푸리고 이 한때를 흐리게 해서는 안 된다는 것이다. 지나간 일에 대한 후회나 아쉬움, 그리고 미래에 대한 우려나 근심 때문에 모처럼 맞이한 현재의 좋은 한때를 망칠 필요는 없다.

지난날 잘못된 일에 대해 후회하고 반성하는 것도 필요하다. 하지만 그것도 어느 정도의 시간만 할애해야지 거기에 빠져 사는 것은 곤란한 일이다. 이미 일어난 일은, 지금은 지나간 일로 해두자. 아무리 마음이 아프더라도 그것은 이미 지나간 일인 것이다.

　사람들은 오늘이라는 날이 내일에도 또 온다고 생각하고 있지만 그것은 아니다. 내일은 오늘과는 다른 하루일뿐이다. 오늘이라는 날은 두 번 다시 내 인생에 찾아오지 않는다. 그 사실을 명심하자.

모든 계획은 충분히 준비하라

모든 계획은 실행에 옮기기 전에 충분히 생각하는 것이 좋다. 인간이 생각할 수 있는 것은 한계가 있다. 모든 것을 철저히 준비했더라도 예견할 수 없었던 많은 일이 닥치기 십상이다. 많이 생각할수록 그 오차범위가 줄어드는 것이 당연하고, 그것은 곧 성공과 직결된다. 실행에 옮기기 전에 충분히 준비하고 생각했다는 자신이 든다면 확신을 가지고 일을 추진해 나갈 수 있다.

그러나 한 번 결심이 서서 일을 시작한 이상 쓸데없는 우려와 걱정은 버려야 한다. 이미 시작한 일을 다시 생각한다거나 혹 일어날지도 모를 위험을 자꾸 생각하여 불안한 마음을 갖는 것은 일의 성공에 하등 도움이 되지 않는다. 말이 이미 출발했는데 안장을 고쳐 맬 수는 없는 노릇 아닌가. 어느 정도 일이 진행된 상태라면 자신 있게 추진해나가는 편이 좋다.

어떤 일을 하고 나서 그 결과를 기다리고 있다면 편안하게 있어야 한다. 과거를 돌아보거나 미래의 일을 예측하면서 걱정하는 것은 소용없는 일이다. 두려운 생각을 버리고 편안한 마음을 유지하라. 만약, 최선을 다하고도 실패했다면 스스로를 위로할 수 있는 담대함 또한 필요하다.

오늘 한 일을 검토하고 반성하라

자신이 겪은 일들 중에서 그 일에 포함되어 있는 모든 교훈을 끌어내려고 한다면 잠들기 전 차분히 명상의 시간을 가지는 것이 좋다. 자신의 체험이나 행동, 경험 및 그것에 의해 느꼈던 것들을 총괄적으로 검토하고, 그 전에 세웠던 계획과 그 결과가 어느 만큼 만족스러운가를 체크해볼 필요가 있다. 이것은 자신의 삶을 복습하는 효과가 있어서 앞으로 자신의 삶을 살아나가는 데, 이정표 역할을 할 수 있다. 그러므로 기억해두면 좋을 당시의 상황들은 기록해두는 것이 바람직하며, 그러기 위해선 매일 일기를 쓰는 것이 좋은 방법이다.

잘못을 인정하라

이미 일어난 사건이며, 더구나 그 사건이 불행한 일이고 도무지 되돌릴 수 없는 일이라면 운명적으로 조용히 받아들이는 편이 낫다. 이렇게 했더라면 괜찮지 않았을까, 또는 이렇게 했더라면 사전에 방지할 수 있었을 텐데, 라는 생각은 당신의 괴로움만 더할 뿐이다. 그보다는 차라리 다비드 왕의 해법을 참고하자. 다비드 왕은 아들이 병에 걸려 사경을 헤매었을 때 하느님께 쉬지 않고 기도를 드렸다. 하지만 아들이 죽고 나자 한 마디의 말로 하느님을 원망하곤 다시는 그것을 생각하지 않았다. 이미 되돌릴 수 없는 일에 자꾸 매달려본들 아무런 소용이 없다는 것은 우리 모두가 잘 알고 있다. 그럼에도 불구하고 그 일에 자꾸 매달려서 어찌할 것인가.

하지만 자신의 부주의나 노력의 부족으로 인해 어떤 불행이 찾아왔다면 다음에 그런 불행을 초래하지 않기 위해서 진

57

지하게 자신을 돌아봐야 할 것이다. 자신의 잘못으로 인해 불행이 찾아왔을 경우, 자기 자신에게 구차한 변명을 한다든가 대단한 잘못이 아닌 것처럼 생각하는 것은 잘못된 일이다. 그 잘못을 깨끗이 인정하고 이후로는 그러한 잘못을 되풀이하지 않겠다는 자기반성은 분명히 필요하다. 그래야 그런 잘못을 되풀이하지 않을 수 있다.

배우고 사색하라

배우는 일에 열정을 가지는 것이 좋다. 그러나 아무리 많은 것을 배우더라도 우리가 진정으로 알 수 있는 것은 자신이 사색한 것들뿐이다. 사색은 바람이 불어도 꺼지지 않고 거세게 타오르는 불꽃처럼, 그 대상에 대한 관찰이 지속되어야만 가능하다. 지혜로운 사람에게는 사색이 호흡을 하는 것처럼 자연스럽다.

우리가 진정으로 얻게 되는 지식은 사색에 의한 것이다. 사색은 자신의 생각을 좀 더 깊이 파고들어서 보다 넓은 안목으로 세상을 바라볼 수 있는 시각을 길러 준다. 사색을 하기 위해서는 먼저 자신의 가치관을 정립해야 한다. 가치관의 정립은 그 사람의 경험을 통해 이루어진다.

현실을 직시하라

높은 숭고함. 그것은 고통과 혹독한 시련 속에서 얻을 수 있는 것이다. 자연은 때때로 사나운 회오리바람을 일으킨다. 메마른 대지에는 나무 한 그루, 풀 한 포기도 없다. 강은 요란스러운 소리를 내면서 거품을 일으키며 흐른다. 주위는 짙은 어둠에 뒤덮여 있고, 하늘에는 거친 비바람이 휘몰아치고 있다.

이런 악조건 속에서도 고통이나 고뇌에 마음을 완전히 빼앗기지 않고 사물을 객관적으로, 그리고 냉정하게 통찰할 수 있다면 우리는 분명히 거기서 길을 찾아낼 수 있을 것이다. 비록 손과 발이 묶여 있다 하더라도 우리는 그 길을 찾아내야 하며, 또한 그 길을 걸어가야 하는 것이다.

이성적인 힘을 기르기 위해 우리는 늘 노력해야 한다. 우리에게는 무한한 가능성이 잠재해 있다. 객관적인 인식과 냉정한 통찰은 세상을 살아나가는 데 있어 반드시 필요한 지혜이다. 이러한 인식과 냉철함이 없다면 우리는 이 험난한 세상의 파도를 이겨나갈 수 없을 것이다. 이세상의 험난한 거친 파도를 벗어날 수 있는 길은 논리적이며 이성적인 사고뿐이다.

63

희망은 내 손안에 있다

저울의 한쪽 끝에는 희망을, 다른 한쪽에는 경계심을 매달아 놓아야 한다. 그래야 희망을 붙들어 놓을 수 있다.

현재의 처지가 좀 비관적이다 싶으면 인간은 공상 속에 빠지는 경향이 있다. 황당한 희망을 설정해 놓고 그 속에서 좀처럼 나오려 하지 않는 것이다. 그것이 현실적으로 불가능한 희망이라면 문제가 심각해질 수 있다. 냉엄한 현실에 부닥쳐 깨어지기 십상이며, 그런 희망이 사라지면 곧 절망이나 환멸을 느낄 수밖에 없다.

그러므로 자기가 가지고 있지 않은 것을 보고 그것이 내 것이라면 얼마나 좋을까, 상상하는 것은 백해무익한 일이다. 이러한 이유 때문에 불만이 생기는 것이다. 차라리 그것보다는 내가 가지고 있는 것을 잃어버렸다고 상상해 보는 편이 낫다. 이것이 만약 내 것이 아니라면 어떨까, 라고 말이다. 재산이든 건강이든, 친구든 애인이든, 아니면 자기가 가지고 있는 하찮은 것이라 할지라도 그것을 잃어버렸다고 가정해 보라. 물건이든 무엇이든 잃어버린 후에 그 가치를 알게 된다. 그러면 그것을 가지고 있는 지금 이 자체가 더없이 행복할 수 있다.

　희망은 마치 독수리의 눈빛처럼 닿을 수 없을 정도로 아득히 먼 곳만 바라보고 있어서는 안 된다. 진정한 희망이란 바로 나를 신뢰하는 것이다. 지금 내가 걸어가고 있는 곳에 희망이 존재한다.

절제하고 인내하라

우리 모두가 행복해지고 싶지만 우리가 원하는 모든 소망이 이루어질 수는 없다. 어쩌면 우리가 얻을 수 있는 행복은 아주 작은, 우리의 소망 중 극히 작은 일부분에 불과할지도 모른다. 그러나 불행은 그렇지 않다. 누구에게나 무수히 찾아오며, 절대 피해갈 수 없다. 그래서 우리의 생활에 절제와 인내가 더없이 필요한 것이다.

소망에는 한계를 두고, 욕망은 억눌러야 하며, 분노는 억제해야 한다는 것을 명심하라. 절제와 인내, 이것을 생활의 원칙으로 지키지 않는다면 그나마 한 줌 행복도 달아나 버리고 불행만 가득 남을 것이다. 부유하고 권세가 있는 사람도 자기 몸이 비참해진다면 그에게 행복이 앉을 자리는 없는 것이다.

천박한 욕망

삶을 갉아먹는 것은 어쩌면 행복에 대한 천박하기 짝이 없는 욕망일 것이다. 이러한 욕망의 사슬을 단호하게 끊어 버릴 수 있는 사람, 필요 이상의 행복을 탐내지 않는 사람만이 인생의 고난을 헤치고 진정한 승리자가 될 수 있다. 이 세상을 살아가는 가장 현명한 태도는 쾌락, 돈, 영화, 명예, 지위 등에 대한 욕망을 최소한으로 줄이는 일이다. 큰 불행을 초래하는 것은 행복과 쾌락을 얻기 위한 분수에 넘치는 노력에서 비롯된다.

인생에 대한 지나친 기대는 독이 될 수 있다. 기대감이 작다면 어떤 불행이 찾아와도 흔들리지 않을 것이며 어떤 것을 잃어버려도 크게 낙담하지 않을 것이다.

가끔은 고독하라

고독은 나와 세상의 존재를 빛나게 만든다. 정신적인 고독과 육체적인 고독을 동반할 수 있는 일만큼 세상에서 행복한 일도 없다. 가끔은 고독해야 한다.

고독을 통해 얻을 수 있는 가장 큰 이득은 진정한 나와 함께 있을 수 있다는 사실이다. 그리고 두 번째로 얻을 수 있는 것은 다른 사람들과 멀리 떨어져 있을 수 있다는 것이다.

오직 집에서만 지내다 보면 육체적인 저항력이 낮아지면서 잔병이 쉽게 찾아온다. 또한 지나친 고독은 정신을 예민하게 만든다. 일상적인 생활에 익숙한 사람에게는 아무렇지도 않은 사소한 언행이나 행동을 불쾌하거나 모욕적으로 받아들일 수 있는 것이다. 고독한 생활에 익숙한 사람은 사회생활에 적응하기가 더욱 어렵게 된다.

인간이 사회적 동물이라는 것은 혼자 살아갈 수 없는 유기체이기 때문이다. 고독을 즐기면서 타인과의 만남을 동시에 만족시킨다는 것은 무척 어려운 일이다. 가끔 고독을 느끼는 것도 필요한 일이겠지만 사회생활의 긴장과 균형을 잃지 않는 것이 무엇보다 중요한 일이다.

71

재능을 낭비하지 마라

위대한 인물이나 뛰어난 학자들 중 만년에 정신적으로 무뎌지고 무기력해진 사람들이 있다. 심지어 정신착란증에 빠진 사람도 더러 있음을 여러 자료를 통해 확인할 수 있다. 몇 명을 예로 들어보면 월터 스코트, 워즈워드, 사디 등이다. 이런 사람들은 젊은 시절의 작품이 대단히 많다. 즉 직업적으로, 돈을 벌기 위해 저술활동을 활발히 했다는 것으로 설명이 된다. 지나치다고 여길지 모르겠으나 젊은 시절의 무리한 노력은 노년에 영향을 끼친다.

세심한 주의와 관용

세심한 주의와 관용은 세상을 살아나가는 데 있어 반드시 필요한 덕목이다. 세심한 주의가 있어야 손해와 손실을 면할 수 있고, 관용이 있어야 분쟁을 방지할 수 있다.

사람은 사회적 동물이기 때문에 어떤 경우에도 사회를 벗어나 살아갈 수 없다. 따라서 어떤 상황이 벌어지더라도, 다른 사람의 개성을 있는 그대로 받아들일 수 있는 관대함이 필요하다. 우리가 아무리 노력해도 다른 사람의 도덕적 성품이나 생각, 기질 등을 바꿀 수는 없는 노릇이다. 우리가 어떤 사람의 개성을 비난하는 것은 상대방이 누릴 수 있는 생존의 기회를 인정하지 않는 것과 같다. 그 사람을 있는 그대로 인정하는 것이 관대함의 첫걸음이다.

아름다운 추억

추억은 모든 것을 압축함으로써 원래의 물체보다 훨씬 아름다운 상을 만들어낸다. 추억 속의 사람은 그 사람의 원래 모습보다 훨씬 정화된 형태로 타인의 가슴에 자리하게 된다. 다른 사람에게 그와 같이 보이려면 자기가 그 자리에 가 있으면 되는 것이다. 그러므로 상당한 기간을 두고 친구나 아는 사람을 만나야 한다. 추억 속의 한 사람으로 누군가를 만날 때 더 돋보일 수 있도록.

75

눈높이를 맞추어라

당신이 남에게 아무리 높이 보이려 해도 상대방은 그 높은 점을 볼 수가 없다. 왜냐하면 누구나 다른 사람을 볼 때에는 자기 자신의 눈높이로만 보기 때문이다. 혹 당신이 상대방에게 높이 보이는 데 성공했다면 그 사람은 당신과는 사귀려 하지 않을 것이다. 자신과 다른 부류로 생각해 당신과 사귈 것을 꺼려하기 때문이다.

무도회에서 무용가처럼 현란하게 춤을 추는 것은 소용없다. 당신을 상대로 춤을 추려하는 사람이 아무도 없을 것이기 때문이다. 고귀한 춤을 추며 혼자 있든지, 그 사람들 속에 섞이려면 당신도 다른 사람들과 똑같이 평범하게 춤을 춰야 한다.

상처를 주는 말과 행동

말은 생각의 표현이다. 깊은 지혜를 담고 있을수록 말은 더욱 단순해지게 마련이다. 인간은 자기중심적이며 자기 자신 외에 흥미를 느끼게 하는 것이 없다. 그러므로 남의 이야기를 듣더라도 무엇이든 자신과 결부시켜 듣게 된다. 어쩌다 조금이라도 자신과 관계있는 이야기를 들으면 그것에 온통 마음이 빼앗겨 이야기의 본래 뜻을 파악할 여유가 없어진다. 항상 어떤 화제이던지 화제의 내용이 상대방에게 혹시나 무슨 관련이 있지 않을까 세심한 주의를 기울여야 한다. 무심코 하는 말이 상대방에게 상처를 줄 수도 있음을 깨달아 항상 상대의 표정을 살피는 것도 잊지 말아야 한다.

불합리한 것은 바뀐다

교회의 탑시계가 틀린 마을이 있었다. 마을 사람들은 모두가 틀린 시계에 맞춰 생활하고 있었다. 마을 사람 중에 올바른 시계를 가진 사람이 있었다. 이 사람은 과연 어느 시계에 맞춰 생활해야 할까?

불합리한 일이 언제까지 지속될 것이라고 생각하는 것은 옳지 않다. 불합리한 것은 시간이 흐르면서 점차 논의되고 검토되어 결국 올바르게 바뀌게 된다. 그렇게 될 것이라고 믿고 있는 것이 무엇보다 중요하다. 불합리한 것이 계속 지속될 것이라고 여긴다면 올바른 시계를 가지고 있는 사람은 시계를 버려야 할 것이다. 하지만 참고 기다리면, 불합리한 것은 언젠가는 바뀔 것이며, 그 사람이 차고 있는 시계는 빛을 발할 때가 있을 것이다.

관대함도 지나치면 해롭다

응석을 받아주며 기른 아이는 버릇이 나빠진다. 더 나이가 먹는다고 달라지지 않는다. 그런 점에서 인간은 모두 어린애와 같다. 그러므로 남에게 너무 관대하거나 상냥하게 대해서는 곤란하다. 돈을 빌려주지 않았다고 해서 친구를 잃는 경우는 없다. 오히려 돈을 빌려줘 친구를 잃는 경우는 종종 있다. 마찬가지로 조금 어렵게 대하면 친구는 잃지 않지만 너무 친절하고 다정하게 대하면 친구를 잃기 쉽다. 상대가 거만해지기 쉬운 까닭이다. 거만해지면 그것으로 인해 불화가 생기는 것은 당연한 일이다.

결정은 천천히 내려라

무엇이든 조급하게 서두르지 마라. 결정을 내려야 할 일이 있으면 더욱 신중하게 생각하고 결정해야 한다. 그러므로 억지로 생각을 짜내기 위해 애쓸 것이 아니라 적당한 때가 올 때까지 기다리는 것이 좋다. 올바른 결정은 어느 순간에 갑자기 찾아오는 법이다. 사색의 성과는 나무열매가 자라는 것처럼 서서히 무르익는다. 단번에 가능한 것이 아니라 단계적으로 이루어지는 것이 사색이기 때문이다.

사색에 익숙해지면, 상황을 올바르게 바라볼 수 있게 되고 지금까지 어렵게 보이던 문제도 훨씬 객관적으로 파악하게 되며, 보다 쉽게 해결책을 찾을 수 있게 된다.

타인의 입장이 되어라

사람은 자신의 몸무게는 전혀 느끼지 못한다. 하지만 다른 사람의 몸을 움직이려 할 때 그 무게는 무척 크게 느껴진다. 이처럼 사람은 자기 결점이나 잘못은 깨닫지 못하고 다른 사람의 결점이나 잘못은 크게 느낀다.

가끔은 입장을 바꿔 생각해 보는 것도 삶을 살아가는 지혜다. 나를 다른 사람의 처지에 놓아 보면 남에게 느끼는 질투나 증오는 눈 녹듯이 사라질 것이다. 또 다른 사람을 나의 입장에서 생각하면 거만이나 허영심을 부릴 수 없게 된다.

항상 자신의 결점이나 잘못을 깨닫고 있다면 다른 사람에게도 관대할 수 있을 것이다. 독일 사람들이 다른 나라 사람들에 비해 아주 관대하다고 정평이 나 있는 것은 '어느 정도의 것은 양해를 받고, 그 정도는 남에게도 양해를 해 준다'는 것을 좌우명으로 살아왔기 때문이다.

정중한 예의는 이익

  예의란, 도덕적, 지성적으로 빈약한 서로의 성질을 못 본 척하고 이것을 서로 까다롭게 따지지 않도록 하자는 암묵의 협정이다. 이 협정 때문에 사람들은 서로 거친 성질을 자제하게 되며, 그것이 결국 당사자들에게 이익이 되게 한다.

  정중한 몸짓과 다정한 목소리는, 상대에게 호감을 갖도록 하며 설령 모욕적인 말을 해도 직접적인 위험이 없다.

  예절은 위조지폐와 닮았다. 위조지폐를 아끼듯 예절을 아낀다는 것은 미련한 행동이다. 위조지폐를 아끼는 것처럼 예절을 절제하는 것 또한 한심한 일이다. 예절은 우리 모두에게 이득을 준다. 예절을 무시하는 것은 자기 혼자 세상을 살겠다는 뜻이다. 그러나 그 사람은 세상에서 곧 추방된다.

실천의 독창성

자신이 하는 행동을, 그것이 비록 올바른 행동이라 할지라도 남에게 본보기로 삼으라고 해서는 안 된다. 모든 여건이 결코 같지 않는 한 그 행동은 모든 사람에게 같아질 수가 없기 때문이다. 어떤 일을 실천할 때 깊이 생각하고 돌아보는 것은 바람직한 일이다. 자기의 성격에 맞는 행동을 취해야 그 실천은 끝까지 행해질 수 있다. 그렇지 않다면 그 실천이 중도에 포기하게 되는 것은 물론 그 사람답지가 않을 것이다.

85

남의 의견을 반박하지 마라

남의 의견에 대해 일일이 반박하는 사람이 있다. 설령 그 것이 옳은 이야기라 할지라도 상대방에게 좋은 대접을 받을 수는 없다. 두말 할 것도 없이 남의 의견은 반박하지 않는 것 이 좋다. 아무리 좋은 뜻에서라 할지라도 대화를 할 때 남을 바꾸려는 의미가 담긴 말은 되도록 삼가는 것이 좋다. 남을 바꾼다는 것은 그대로 되지도 않을뿐더러 상대방의 감정을 상하게 하기 쉽기 때문이다.

흥분은 금물이다

자신의 판단을 남이 믿어주기를 바란다면, 혹은 자신의 의견을 다른 사람에게 이해시키려고 한다면 어떤 경우에도 흥분하지 말고 냉정하게 말해야 한다. 지성의 본질은 냉정함이다. 자신의 의견을 말하면서 감정적으로 흥분하게 되면 상대방은 그것을 과장이나 거짓이라고 생각하기 쉽다. 이것이 진정한 대화의 기본인데도 의외로 잘 지켜지지 않는 경우가 많다.

상대방에 대한 좋지 않은 감정을 말이나 표정에 나타내는 일은 인간의 행위 중 가장 저급한 행동이다. 하찮은 일일 뿐만 아니라 위험하고 어리석고 저속한 일이다. 그러므로 분노든 미움이든 이것을 결코 행동으로 나타내서는 안 된다. 말이나 표정에 나타나면 그 사람은 그만큼 상대에게 넘어간 것이 된다는 것을 명심하라.

자화자찬은 스스로를 깎는 일이다

아무리 그럴만한 이유가 있다 하더라도 자화자찬해서는 안 된다. 이 세상에 자기 스스로를 찬양할 만한 큰 공적은 없기 때문이다. 만약 자화자찬하는 사람이 있다면 그 사람의 분별력을 의심해 보고, 다시는 상대하지 않아도 좋다.

현명한 사람은 다른 사람과 교류를 가질 때 자신을 그 사람의 수준에 맞도록 낮춘다. 그는 자신에게 훌륭한 자질이 있음에도 불구하고 그것을 상대방에게 내세우지 않는다. 그러나 어리석은 사람은 그 반대다. 자기가 어리석다는 사실을 조금도 깨닫지 못한 채 오히려 상대방보다 자신을 높이기 위해 급급해 한다.

정직은 큰 재산이다

언제나 정직하게 행동하는 것이 좋다. 하지만 그것은 그렇게 쉬운 일이 아니다. 위선과 거짓은 때와 장소를 가리지 않고 우리의 앞을 가로막기 때문이다. 위선과 거짓이라는 장애물을 넘기는 물론 어려운 일이다. 그러나 그것을 넘어서지 않고선 믿음과 사랑을 만날 수 없다.

다른 사람을 신뢰하지 못한다는 것은 자기 자신이 정직하지 못하다는 사실을 증명하는 것과 다를 바가 없다. 당신이 지금 하고 있는 행동은 나중에 수확하게 될 곡식과 같다. 지금 뿌리는 씨앗으로 인해 곧 그 대가를 받게 될 것이다.

우리는 다른 사람들과 지속적인 관계를 통해 서로를 알게 되고, 이해할 수 있게 된다. 당신과 나의 관계 속에서 우리는 진정한 자신의 모습을 보게 되는데, 그것은 곧 당신이 나를 어떻게 이해하고 있느냐를 아는 것과 같다.

유연하게 마음을 열어라

어리석은 사람은 어느 한 곳에 멈춰 서 있다. 그들의 가장 큰 특징은 상대방의 의견을 받아들이지 않는다는 점이다. 이미 모든 생각이 굳어 있기 때문이다. 또한 자신이 만들어 놓은 틀 속에 갇힌 채 그곳에서 허우적거린다. 그러한 틀은 권위와 편견이라는 또 다른 틀을 만들기도 한다.

그에 비해 현명한 사람은 자신의 세계를 활짝 열어놓는다. 그들은 어떤 일에도 성급하게 뛰어들지 않는다. 항상 논리적이며 서두르지 않고 침착한 태도를 유지하며 그 일을 객관적으로 관찰한다.

91

돈은 잃어도 지혜는 얻어라

　남에게 속아서 잃은 돈만큼 적절하게 사용한 돈은 없다고 생각하라. 왜냐하면 그 돈은 바로 지혜를 구하는 데 쓰였기 때문이다.

　돈은 바닷물과도 같다. 마시면 마실수록 목이 말라진다.

거짓은 결국 드러난다

상대가 거짓말을 하고 있다는 생각이 들었을 때는 일단 그것을 믿는 척해야 한다. 만약 그것이 거짓말인 경우 상대방은 더욱 대담해져서 점점 더 도를 더해가게 된다. 그러나 마지막에 가서는 그 가면을 벗지 않을 수 없다.

지나친 용기는 독

용기도 지나치면 만용이 된다. 따라서 용기를 내야 하는 순간에도 신중하게 행동해야 한다. 험한 세상을 살아가려면 어느 정도의 두려움은 반드시 필요하다. 비겁하다는 것은 지나치게 두려워 한다는 것을 뜻한다. 하지만 신중하게 행동하기 위해 두려움을 느낀다면 그것은 비겁이 아니라 진정한 용기일 것이다.

신이 우리에게 두려운 마음을 준 것은 우리가 보다 안전하게 삶을 유지하는 데 필요한 일이기 때문이다. 두려움은 때로 삶이 주는 여러 가지 위험을 피할 수 있게 한다. 우리가 잊지 말아야 할 것은 용기와 두려움 사이에 적절한 균형을 유지하는 일이다.

모든 것을 다 밝힐 이유는 없다

자신의 마음속에 있는 하고 싶은 말을 다 이야기하면 일단 속이 후련해진다. 그래서 사람들은 하고 싶은 말을 못 참는 모양이다. 그렇지만 그 후련함이 결국 자기 자신에게 손해로 돌아올 때가 있다. 다른 사람이 말해도 될 것을 괜스레 자신이 이야기했다가 고스란히 자신만 피해를 입는 경우가 살다보면 심심찮게 있는 것이다. 세상엔 두 가지의 이야기가 있다. 남에게 전해야 할 것과 전하지 말아야 할 것이 있다. 그래서 생각과 대화 사이에 커다란 간격이 필요하다.

이야기해서는 안 될 것이 살다보면 더러 있는 것이다. 그런 일은 물론 비밀로 해두는 것이 좋다. 친한 친구에게도 알릴 이유가 없다. 그 친구의 입이 근질거리도록 만들 필요가 없다. 아무리 사소한 일이라도 그것이 알려졌기 때문에 불리해질 일이 분명 당신에게 있을 수 있다.

그 사람의 성격을 기억하라

다시 만날 사람이면 그 사람의 성격을 기억해두는 것이 좋다. 따라서 그 사람의 행동이나 언행을 주의하여 기억하는 것은 바람직한 일이다. 그 기억에 따라 그 사람에 대한 나의 태도와 행동을 조절할 수 있다. 만약 다른 사람의 좋지 못한 행동을 잊는다는 것은 고생하여 번 돈을 내버리는 것과 같다. 좋은 성격이든 나쁜 성격이든 그 사람의 성격을 기억해 둔다는 것은 그 사람을 위해서, 특히 나를 위해서 아주 좋은 일이다.

특별한 세상은 없다

과자의 종류는 실로 다양하다. 그러나 서로 다른 모양의 과자라 할지라도 모두가 다 같은 원료를 반죽하여 만든 것이다. 사람이 살아가는 모습은 어떤 형태가 됐든 결국 같은 내용이다. 각기 모양새가 틀리긴 해도 결국 비슷하게 살다가 비슷하게 생을 마감한다. 특별한 삶, 특별한 세상은 없다.

'이 세상을 지배하는 세 가지 요소가 있는데, 그것은 분별과 힘과 운'이라고 사람들이 말하고 있다. 그것을 나는 진리라고 생각하며, 마지막 요소인 '운'을 제일이라고 본다. 우리들의 생애는 파도를 헤치는 배와 같다. 운, 즉 행운이라든가 불운이라는 것은 바람의 역할을 하고 있다.

우리들의 노력은 노의 역할이라고 보면 된다. 몇 시간의 노력으로 노를 저어 배를 앞으로 가게 했다면 돌풍이 불어 그걸 다시 뒤로 밀어내는 것은 식은 죽 먹기다. 그러나 순조롭게 배를 앞으로 밀어주는 순풍도 있다. 그렇다고 순풍만 불기를 기대하고 노젓기를 포기할 수는 없는 노릇이다.

좋은 일과 나쁜 일

지금 당신의 상태는 어떤가? 좋은 쪽인가, 아니면 나쁜 쪽인가? 시간이 지나면 상황이란 언제나 변하기 마련이다. 좋은 일이 나쁜 쪽으로, 나쁜 일이 좋은 쪽으로 변할 수 있다는 것을 항상 생각하라.

행복할 때는 불행을, 우정이 깊으면 배신을, 맑은 날씨면 흐린 날씨를, 사랑에는 미움과 헤어짐을 생각하고, 또 그 반대의 경우도 하나씩 떠올려보는 것이 좋다. 그러면 항상 정신의 균형이 잡혀 삶에 기만당하지 않을 수 있다.

악마에게 재물을 바쳐라

'일 년 내에 일어나지 않을 일이 한 순간에 일어난다'
라는 스페인 속담이 있다. 미련한 사람은, 지금까지 어떤 일
이 일어났는가에 빠져 있고 그것만 고려할 뿐이다. 이에 반해
영리한 사람은, 앞으로 다가올 위험이 어떤 것이 있는지 예측
한다. 어떤 일이 있을지 예견함으로써 거기에 대비할 수 있는
것이다. 앞으로 있을 위험에 대비한다는 것, 그것은 우리가
평화로운 삶을 살아가는 데 있어 더없이 중요한 일이다.

악마에게 재물을 바쳐라. 이 말은, 사이비 종교 집단의 광
신도에게 하는 말 같지만 실은 우리가 새겨야 할 말이다. 다
시 말하면 불행이 일어날 가능성을 막기 위해 우리가 가지고
있는 노력, 시간, 불편함, 번거로움, 돈 등 어느 정도는 희생
을 감수해야 한다는 뜻이다. 그런 모든 것을 바쳐, 사전에 불
행을 방지할 수 있다면 우리가 감수해야 하는 불편함은 아주
사소한 것임을 명심하라.

운명은 어리석은 행동의 결과

사람들이 운명이라고 말하는 것은 대부분 그들 자신의 어리석은 행동을 말하고 있는 것이다. 세상에 일어난 모든 일은 원인이 있기에 결과가 있다. 자신이 어리석고 미련한 짓을 해놓고 그 결과가 나쁘면 운명 탓으로 돌리는 사람들. 결국 어리석은 행동은 우리가 이 세상에 살고 있는 동안 자신에게 돌아오기 마련이다.

불행이 다가오면 용감히 맞서라

우리가 행복하기 위해서는 무엇보다도 삶의 지혜가 필요하다. 그 다음에 필요한 것이 용기다. 지혜는 어머니에게서, 용기는 아버지에게서 물려받는다. 우리에게 의지만 있다면 그 지혜와 용기는 더욱 넓혀갈 수 있다. 운명의 주사위가 던져지는 이 세상에서 살아가려면 지혜의 칼을 빼들고 어떤 일에도 맞서 싸울 수 있는 단호한 용기와 기상이 필요하다.

지평선 끝에 이는 구름을 보고 금세 두려워하고 의기소침해지는 것은 소심한 일이기도 하지만 상황을 좋게 만드는 데 전혀 도움이 안 된다. 한 조각의 빛이 하늘에 있는 한 날씨를 원망할 필요가 없다. 따라서 일의 결말이 호전될 가능성이 있음에도 불구하고 절망만 하고 있다는 것은 비겁한 짓이다. 두려워 떨며 움츠리고 있을 만큼 사람의 생은 길지 않다. 웅크리고 있는 순간에 불행은 당신의 인생 전체를 덮칠지도 모른

다. 전세를 역전시키는 것은 순전히 당신이 어떻게 하느냐에 달려 있다. 분연히 떨쳐 일어나 용맹한 화살을 겨눠 운명의 정수리를 향해 세차게 날려야 한다.

벌써 이렇게 되어버렸다. 즉, 돌이킬 수 없는 불행한 사고 후에 이렇게 되지 않고도 끝날 수 있었을 텐데, 조금만 주의했더라면 방법이 있었을 거라는 생각에 몸과 마음을 태워서는 안 된다. 이와 같은 생각들이야말로 고통을 확대시킬 뿐이다. 그 결과는 비통 속에 자신을 영원히 파묻히는 것으로 끝나고 만다. 이미 바꿀 수 없는 과거의 불행한 사고는 빨리 잊는 것이 상책이다. 오히려 그것을 디딤돌로 하여 더 멀리 뛰면 되는 것이다.

존경보다는 사랑받기 위해 노력하라

어떤 사람을 몹시 존경하면서 동시에 사랑하기란 어려운 일이라고 로시푸코는 말했다. 맞는 이야기다. 그러므로 우리는 사랑을 받으려 노력하든가, 아니면 존경을 받으려고 노력하든가 둘 중의 하나를 선택해야 한다.

사랑은 주관적이고 존경은 객관적이다. 둘 다 내면의 아름다움이 있어야 하지만 하나는 가깝고 하나는 멀다. 사랑은 가까이 와서 손을 잡게 되지만 존경은 멀리서 우러러 본다는 뜻이다. 어느 쪽이 더 우리에게 유용한 것인가는 사람의 가치관에 따라 다르지만 나는 사랑을 택하겠다. 존경받는 사람은 혼자 외로울 수 있지만 사랑받는 사람은 절대 외롭지 않기 때문이다.

3장
행복의 문, 행복의 열쇠

행복은, 남과 거래하는 것이 아니라
자기 자신과 거래하는 것이다.

행복하다는 것은

행복과 불행은 받아들이는 사람에 따라 다양한 모습으로 변한다.

행복한 인생을 만드는 것은 전적으로 내 마음에 달려 있다. 인생에서 성공과 실패가 교차하는 것이 우리의 삶이다. 인생의 행복과 불행은 전적으로 마음먹기에 달려 있다. 내 마음의 움직임에 따라 행복과 불행은 서로 자리를 바꾼다.

우리가 말하는 행운이나 불행은 그 자체가 보여주는 객관적인 의미보다는 그것을 어떻게 받아들이는가에 달려 있다. 나를 벗어나, 자신의 외부에서 행복을 발견하려고 하는 것은 어리석은 짓이다. 나 이외의 것에서 행복을 얻으려고 한다면 행복은커녕 오히려 불행만 초래할 뿐이다.

마음이 평온하지 않으면 행복은 절대로 우리의 마음속으로 들어올 수 없다. 평온한 마음은 현재의 나를 행복하게 만든다. 미래에 닥쳐올 불행을 근심하느라 현재의 평온한 마음을 포기한다는 것은 행복을 스스로 포기하는 것과 같다.

행복은 어디에 있는가

행복은 어딘가에 있는 것 같으면서도 어디에도 없다. 눈에 보이는 것 같지만 막상 찾아보면 좀처럼 찾을 수가 없다. 진정한 행복은, 어떤 상황을 말하는 것이 아니라 무엇을 바라는가에 대한 문제이다.

성격이 쾌활한 것은 늘 행복하게 살고 있기 때문이다. 쾌활한 성격을 가진 사람은 행복을 배달하는 집배원이 늘 들르기 때문이다. 그 밖의 다른 모든 것들은 행복의 약속어음에 지나지 않는다. 따라서 '쾌활한 성격'이라는 보물을 얻기 위해 노력해야 한다. 행복은 견고한 성과 같아서 그 속으로 들어가기는 어렵지만 한 번 들어가면 오랫동안 머물 수 있다.

나는 결코 다른 어떤 사람이 될 수 없다. 그러므로 나의 진정한 자아를 찾기 위해 노력해야 한다. 내 자신을 잘 이해하면 이해할수록 행복이라는 목적지에 보다 가까이 접근할 수 있다. 행복은 자기 자신에게 만족하는 사람에게만 존재하는 것이다.

행복의 척도

생활이 어렵고 힘들어도 즐겁고 만족스럽게 살아가는 사람이 있다. 그리고 재물이 많은 사람들 중에도 언제나 우울하고 불만스럽게 살아가는 사람들이 있다. 그것은 재물이 행복의 척도가 아님을 보여주는 증거이다. 재물은 마음의 안정보다는 그 재물이 사라져 버리지 않을까 하는 불안을 가져온다.

가난한 사람이 부유한 사람보다 오히려 더 여유로운 마음을 가지고 있는 경우는 바로 그러한 이유 때문이다. 마음의 여유는 행복과 직결된다.

자신이 누리고 있는 행복이 과연 어느 정도인지 알고 싶다면 자기 자신에게 먼저, 나는 지금 어떤 걱정거리를 가지고 있는지 물어봐야 할 것이다. 만약 걱정하는 문제가 사소한 것이라면 내가 누리는 행복은 큰 것이다. 사소한 일을 걱정하는 것은 어느 정도의 행복을 누리고 있기 때문이다. 큰 불행을 겪고 있는 사람은 사소한 걱정이나 근심이 눈에 들어오지 않는다. 그것은 그 사람이 겪고 있는 고통의 정도가 크기 때문이다.

남의 행복을 질투하지 마라

사람들이 질투의 감정에 사로잡히는 이유는 자신보다 형편이 나은 사람을 바라보기 때문이다. 그 사람이 자신보다 많은 재물을 가지고 있거나 다른 사람으로부터 더 많은 사랑을 받고 있다고 느낄 때이다.

나보다 행복해 보이는 사람은 실제로 자기 자신을 행복하다고 느끼고 있을까? 어쩌면 그는 내가 모르고 있는 불행 때문에 나보다 더 불행할지도 모른다. 내가 재난을 당했을 때, 가장 좋은 위로는 나보다 더한 불행을 겪고 있는 사람을 돌아보는 일이다. 질투하기보다는 그 반대 방향으로 다른 사람들을 보면, 우리는 오히려 커다란 위안을 얻을 수 있다.

모든 불행은 나를 다른 사람들과 비교하는 것에서 시작된다. 그러나 생각해 보면, 이 지구상에는 나보다 불행한 사람들이 얼마나 많은가? 태어날 때부터 눈이 멀었거나 듣지 못하는 사람들, 한 끼 식사도 제대로 못하는 사람들, 그들도 역시 우리와 함께 살고 있는 사람들이다.

행복은 마음먹기에 달렸다

행복과 불행한 일이 갑자기 찾아오면 천성이 긍정적인 사람은 행복한 결말을, 매사에 부정적인 사람은 불행한 결말을 예상한다. 성격이 부정적인 사람은 열 가지 계획 가운데 아홉 가지가 성공하면 성공한 아홉 가지는 거들떠보지도 않고 실패한 한 가지 일에만 집착하면서 고통스럽게 살아간다. 그러나 긍정적인 사람은 성공한 한 가지 일에 커다란 의미를 부여하며 행복하게 살아간다.

사람의 기분은 잠시도 쉬지 않고 변한다. 태양도 추울 때에는 온몸을 따스하게 녹여주는 고마운 존재지만 더운 여름에는 귀찮고 성가신 존재로 바뀌어 버린다. 똑같이 존재하는 태양이지만 그것을 바라볼 때의 기분에 따라 서로 다르게 느껴지는 것이다. 다른 사물과 사건도 마찬가지다. 끊임없는 변화 속에서 지금도 계속되고 있는 현재는, 그것을 우리가 어떻게 느끼고 있는가에 따라 달라진다는 사실을 기억해야 한다. 행복은 외적으로 드러나는 형태보다도 내가 어떻게 생각하고 느끼느냐에 따라 결정되는 경우가 많다.

세르반테스의 경우를 보면, 참혹한 감옥에서도 불후의 명작 『돈키호테』를 쓸 수 있었다. 그는 갇히고 폐쇄되었다는 외적 환경보다는 의식을 자유롭게 풀어 상상의 세계를 펼칠 수 있는 정신력이 강했기 때문에 행복할 수 있었다.

만족하면 행복하다

'행복은, 자신에게 만족하는 사람의 것이다', 라는 아리스토텔레스의 말을 새겨들어야 한다. 행복은 자기 자신을 상대로 할 때 더욱 극대화될 수 있으며, 다른 사람을 상대로 할 때 그 가치가 감소된다.

행복은 만족할 줄 아는 사람에게 주어진다. 나는 내가 원하는 모든 것을 이미 내 마음속에 가지고 있다. 그렇게 말할 수 있다면 그는 행복을 얻기 위한 자격을 갖춘 사람이다. 이 세상에서 확신을 가지고 의지할 수 있는 것은 오직 나 자신뿐이다. 다른 사람과의 교제에는 혐오와 손실이라는 위험을 초래한다. 득도 있겠지만 손해를 보는 경우도 많은 것이다. 행복을 자신과 거래하라. 자신에게 만족하면서 살고 있는 사람은 이미 행복하다.

123

질투는 자연스런 인간의 속성이지만 그 사람이 자신을 얼마나 불행하게 여기고 있는지를 표시하는 것이다. 세네카는 '우리들은 우리들의 것을 다른 것과 비교하지 말고 기뻐하자. 남의 행복을 보고 괴로워하는 자는 결코 행복해지지 않는다.'는 말을 남기면서 '많은 사람들이 너보다 앞서 있는 것을 본다면, 참으로 많은 사람이 너보다 뒤져 있음도 생각하라.'는 말로 질투를 가지지 말 것을 당부했다.

상황이 나보다 좋은 사람도 많이 있겠지만 나보다 좋지 않은 사람도 있을 것이다. 그런 위안으로 자신 스스로의 처한 상황에 대해 만족하자. 행복도 저절로 찾아올 것이다.

작고 사소할수록 행복은 커진다

작고 사소한 일에 더 민감한 것이 우리 인간이다. 만약 당신이 불행한 상태에 처해 있다면 사소한 일에 전혀 행복을 느끼지 못한다. 그러므로 작고 사소한 일에 행복을 느끼고 있다면 당신은 행복한 사람이다. 당신이 얼마만큼 행복한가를 알기 위해서는 어떤 일을 즐기고 있는가를 묻기보다는 어떤 일을 슬퍼하고 있는지를 먼저 점검해 봐야 할 것이다.

아주 작은 일이라 할지라도 거기에 만족하고 행복해 하는 습관을 가져라. 그러다보면 당신이 느끼는 행복감은 그만큼 커지게 마련이다.

행복의 범위

땅 위에 세워진 건물은 넓고 클수록 안전하지만 행복이라는 건물은 그 반대이다. 따라서 행복이라는 집은 너무 크지 않게 짓는 것이 좋다. 크게 짓고자 하는 욕심을 부리면 그 때문에 행복해지는 것이 아니라 오히려 많은 불행이 스며든다. 이러한 불행은 반드시 일어나는 일이기 때문에 인생의 행복은 무너지기 쉬운 것이 되고 만다.

모든 것을 억제하는 일은 행복에 이르는 지름길이 될 수 있다. 우리들의 목표, 생활반경, 접촉하는 대상을 좁히면 좁힐수록 그만큼 우리들은 더 행복해질 수 있다. 그것들이 넓으면 넓을수록 그만큼 더 괴로움과 불안한 마음이 파고들 가능성이 있다.

나이가 들어감에 따라 우리가 느끼는 행복감은 점차 줄어든다는 것을 누구나 알고 있다. 그것은 그만큼 사람들과 맺는 교섭의 범위가 넓어지기 때문이다. 불필요한 관계나 생활양식을 점차 줄여보라. 우리들의 생활양식과 인간관계를 되도록 단조롭게 할수록 거기에 따르는 부담도 그만큼 줄어들며, 그 줄어든 공간에는 자연스레 행복이 스며든다.

시야가 좁을수록 행동의 범위가 작을수록 우리는 더욱 편안하게 행복을 느낀다. 시야와 행동의 범위가 넓어지면 넓어질수록 그만큼의 걱정과 욕망이 증가하기 때문에 만족을 쉽게 얻지 못한다.

재물에 대한 욕심을 줄여라

사람들은 정신적인 풍요로움이나 정신 수양을 통해 행복을 추구하기보다는 재물을 얻는 일에 모든 노력을 기울이면서 살아가고 있다.

그러나 많은 재물을 소유했다고 해서 행복한 것인가. 그 사람들 중에는 자신을 불행하다고 생각하는 사람들이 더 많다. 그들은 정신적인 풍요로움이나 깊이 있는 지식보다는 자신의 인생에 위안을 줄 수 있는 외부적인 것에 더 많은 관심을 갖기 때문에 기쁨보다는 근심이 많을 수밖에 없는 것이다.

수많은 재물을 소유한 사람이라도 그 영혼은 공허한 경우가 대부분이다. 쾌락과 방탕은 정신의 궁핍에서 비롯되는 권태의 일종이다. 이런 사람들은 외관상으로는 부유한 것처럼 보이지만 내면으로는 몹시 가난한 부류에 속한다.

자신의 물질적 욕구를 만족시키는 과정을 통해 행복을 성취하려는 행동은 삼가야 할 것이다. 공허한 욕망으로 만들어진 집은 손쉽게 붕괴되기 마련이다. 행복의 건축은 자기 마음대로 되는 것이 아니다. 나 자신의 능력과 지혜에 따라 욕망을 억제하는 것이 뜻하지 않은 불행을 피하는 가장 확실한 방법이다.

　　사치와 향락은 행복의 척도가 아니다. 행복하다는 느낌은 주관적인 것이기 때문이다. 검소하고 절제된 삶을 사는 사람도 자신이 행복하다고 느끼면 행복한 것이다. 이런 행복에 대한 느낌은, 물질적인 욕심을 버릴 때 더욱 가까이 찾아온다는 것을 잊지 말아야 한다.

130

건강은 행복의 집이다

건강하지 않으면 인간은 절대로 행복할 수 없다. 당연한 말이지만 많은 사람들이 이 사실을 알고 있으면서도 잘 지키지 않고 있다. 다시 말하면 행복은 건강이라는 나무에서 피어나는 꽃과 같다. 따라서 우리는 건강한 몸과 마음을 유지하기 위해 스스로를 단련해야 한다. 인간을 행복하고 불행하게 하는 것은 객관적이고 실재적인 사물이 아니라 그것을 우리가 어떻게 느끼고 어떻게 받아들이는가에 달려 있다. 그리고 그런 느낌과 인식은 건강하다는 것을 전제로 할 때 바로 설 수 있다.

재산이 아무리 많아도 건강하지 않으면 즐길 수 있는 마음의 여유를 가질 수 없다. 건강은 가꾸는 것보다 지키고 유지하는 것이 중요하다. 지나친 방탕과 쾌락의 늪으로 끌려 들어가지 않도록 항상 조심해야 한다. 분노나 격정과 같은 격렬한 감정의 혼란을 피하고 정신적인 긴장이 계속되지 않도록 주의해야 한다. 날마다 규칙적인 운동을 하고 섭취하는 음식물에 대한 조절 또한 필요할 것이다. 명심하고 명심하라. 건강하면 모든 것이 기쁨의 원천이 된다.

자신의 능력을 파악하라

자신에게 어울리지 않는 일을 선택하는 사람은 불행을 피하기 어렵다. 이렇듯 행복은 자신의 노력으로 얼마든지 성취할 수 있다. 그러나 시기와 질투로 인해 과욕을 부린다면 문제는 심각해진다. 질투는 자신의 능력을 정확히 파악하도록 만드는 마음의 눈을 가려 결국 자기의 분수를 잊게 만들기 때문이다. 능력도 안 되는 일과 분수에 맞지 않는 일을 하고 있다고 생각해 보라. 과연 그 사람이 행복할 수 있을까?

고대의 신 헤라클레스처럼 뛰어난 힘을 가진 사람이 수공업에 종사하거나 학문을 연구하는 정신노동에 종사하게 된다면 자신의 타고난 재능을 제대로 발휘할 수 없다. 이 또한 어울리지 않는 일이다.

자신의 능력을 정확히 파악하는 것은 행복을 얻기 위해 무엇보다 중요한 일이다. 능력도 안 되는 일을 벌이다 보면 고통만 심해질 뿐이다. 자신의 능력을 정확히 파악하여 자신에게 어울리지 않는 일은 피하고 자신에게 알맞은 일을 찾아서 한다면 행복은 자연스레 찾아올 것이다.

물질보다는 정신의 문제

지적인 생활은 그렇지 않은 생활보다 우리에게 보다 더 행복한 생활을 선물할 가능성이 있다. 지적인 생활을 누리거나 즐기려면 일반적이지 않은 정신적 소양이 필요하다. 그러나 그것도 도가 지나치면 좋지 않다. 지나친 지적 활동은 도리어 불행을 초래할 수도 있기 때문이다. 지나친 지적 활동은 일상생활의 혼돈과 정신적 불균형을 감당하기 어렵게 만든다. 지적인 풍요로움과 현실의 활동에 균형을 유지하는 것, 그것이 행복의 비결이지만 그 균형을 유지하는 것은 결코 쉬운 일이 아니다.

쾌락이나 물질 이외의 세계에 대해서는 관심조차 없는 사람들. 행복을 결정하는 것은 물질적인 소유물이 아니라 정신적인 자기만족이라는 사실을 알고 있는 사람들까지도 언제나 순간적이고 쾌락적이며, 시간적으로는 영속성이 없는 향락을 통해 행복을 누리려고 한다.

135

미리 상상하지 마라

모든 미래는 불확실하다. 그러므로 불행이 다가오기도 전에 걱정부터 하는 것은 어리석은 일이다. 우리가 느끼는 미래에 대한 불안과 걱정으로 현재의 일을 주저하거나 포기할 필요는 없다. 미래의 불행은 불확실한 것이지만 현재의 행복은 확실한 것이기 때문이다.

행복과 불행에 대한 상상은 가능하면 억제하는 것이 좋다. 거센 폭풍의 기운에 휩쓸리듯 제멋대로 자라는 것이 상상력의 특징이다. 행복과 불행에 대한 생각도 마찬가지다. 한 번 상상하기 시작하면 걷잡을 수 없이 번지게 된다. 행복이나 불행에 대한 상상력은 모래성과도 같아 쉽게 무너지는 것이다.

따라서 우리는 상상력으로 모래성을 쌓지 않도록 경계해야 한다. 상상력의 모래성은 많은 열정만을 낭비할 뿐이며, 상상력으로 쌓은 건물은 단 한 번의 한숨으로 무너져 내릴 만큼 허망하기 짝이 없다.

따라서 우리가 무엇보다도 주의해야 할 것은 불행을 상상하면서 미리부터 걱정하는 일이다. 바로 눈앞에 불행이 닥치기 전에는 걱정하지 않는 것, 그것이 지혜로운 사람의 행동이다.

불행을 두려워하지 마라

대책을 세우고 있다면 그것은 이미 불행이 아니다.

행복을 추구하는 것보다는 고뇌하지 않는 것이 더욱 중요하다. 불행하게도 이 세상 어디에도 당신이 꿈꾸는 낙원은 없다. 행복과 쾌락에 대한 온갖 헛된 욕망과 기대를 버리지 못하는 한 당신의 고뇌는 줄어들지 않는다.

미래에 대한 막연한 두려움으로 인해 현재의 상황을 불안하게 만드는 일은 바보들이나 하는 짓이다. 만약 불행이 일어날 가능성이 있더라도 불행은 일어나지 않을 것이라고 생각하는 것이 좋다. 확실하게 예상되는 불행이라도 가까운 시일 내에 오지 않을 것이라고 생각하라. 그리고 조용히 그 불행에 대한 대책을 마련하라. 우리에게는 그 어떤 불행도 극복할 수 있는 힘이 있는 것이다.

불행에 대한 두려움을 품고 있다면 당신은 이미 불행하다. 불행한 사람은 영원히 불행을 두려워하는 사람이다.

어느 누구도 온전히 불행을 피해갈 수 없다. 현명하게 삶을 대처하는 사람일지라도 어느 정도의 불행은 겪을 수밖에 없는 것이다. 불행한 일이 벌어진 후에, 그때 내가 좀 더 정신을 차렸더라면 일이 지금처럼 되지는 않았을 거야, 그렇게 한탄하면서 후회하지 마라. 일이 벌어진 뒤 후회를 하는 것은 자신을 고문하는 일에 불과하다. 주어진 상황을 고스란히 받아들여 해결책을 찾는 것이야말로 불행을 완화시킬 수 있는 유일한 방법이다.

고통과 권태

행복하다는 것을 다르게 표현하면 고통이 없는 상태라고 할 수 있다. 마음의 동요가 적을수록 우리가 느끼는 고통도 당연히 줄어든다. 활동의 폭을 좁히면 외부의 자극에 대한 마음의 동요를 줄일 수 있다. 또한 정신적인 활동을 제한하면 불안에 대한 자극을 줄일 수 있다. 그러나 정신적인 활동의 제한은 우리에게 안정을 주는 대신 우리를 권태롭게 할 수도 있다는 것을 유의하여야 한다.

행복을 가로막는 두 가지 적을 말하라면 단연 고통과 권태이다. 우리가 고통으로부터 어느 정도 멀어졌다고 생각하면 어느 사이에 권태가 나타나서 우리에게 꼬리를 친다. 권태를 물리쳤다 싶으면 또 어느새 고통의 그림자가 다가오고 있다. 실로 우리의 삶은, 고통과 권태 사이를 왔다 갔다 하고 있다고 해도 과언이 아니다.

그것은 외면적인 세계와 내면적인 세계가 서로 대립 관계
에 있기 때문이라고 할 수 있다. 외면적인 세계에서는 궁핍과
부족함이 고통을 주는 반면에, 내면적인 세계에서는 안정과
풍요가 권태를 안겨 준다. 부자들이 권태와 씨름할 때 가난한
사람들은 고통과 싸우고 있다.

불행에서 벗어나기

만약 고통이 없는 세상이 있다면 그곳에는 사람의 모습이 전혀 보이지 않을 것이다. 권태로 인해 모두들 죽음을 선택했을 것이기 때문이다.

행복을 추구하기보다는 불행에서 벗어나는 것이 삶의 목적이 되어야 한다. 자신의 능력으로 행복은 얻기 힘들지만 불행은 얼마든지 피해갈 수 있다. 한 가지 예로, 욕망에 대한 절제를 황금보다 소중하게 여기는 사람은 가난이나 빈곤 때문에 추한 눈물을 흘리지 않는다.

우리가 사는 세상에서 쾌락은 다양한 형태로 사람들을 유혹한다. 육체적 욕망의 만족, 재물에 의한 소비욕구, 자신을 내던짐으로서 얻을 수 있는 순간적 자유 등의 형태로 우리의 눈을 자극하고 우리의 마음을 유혹한다. 하지만 그것은 곧 사라지고 마는 신기루에 불과한 것이다.

143

미련하고 어리석은 사람은 쾌락을 갈망하다가 번번이 실패한다. 그러나 현명한 사람은 쾌락을 구하는 대신 불행을 피하는 길을 찾기 위해 노력한다. 그렇기 때문에 좀처럼 곤경에 처하지 않는다. 고통을 피하기 위해 쾌락을 포기하는 경우가 있다 하더라도 그것은 손해를 보는 행동이 아니다. 쾌락은 환상이 가져다주는 것에 불과하기 때문이다. 환상으로 인해 발생하는 것들은 현실적으로 우리에게 아무런 가치도 주지 못한다.

고통이 없고 동시에 권태가 없는 삶이야말로 가장 행복한 삶이다. 그것은 행복의 절정이라 말할 수 있다.

쾌락은 환상에 불과하다

대부분의 사람들이 쾌락을 선택하는 것은 자연스럽고 당연하다. 높은 산으로 올라가기보다는 눈앞에 보이는 편하고 즐거운 것을 찾기 때문이다.

아름다운 환상은 지치고 힘겨운 사람들에게는 일시적인 위안을 주지만 환상이 깨진 후에는 고통보다 더한 공허가 찾아온다.

고통을 대가로 지불하면서까지 쾌락을 즐길 필요는 없다. 일시적인 쾌락을 위해 영원한 고통을 감내한다는 것은 참으로 어리석은 일이다. 인생이라는 고뇌의 장을 쾌락의 장소로 만들려고 하는 것부터 터무니없는 생각이다. 쾌락과 즐거움 대신에 고통이 없는 상태를 만들기 위해 노력해야 한다. 그러나 대부분의 사람들은 고통이 없는 상태보다는 쾌락적인 삶을 선택한다.

행복과 쾌락의 추구는 이제 그만 단념하라. 지금부터 번민과 고뇌에 대한 예방에 힘을 기울여라. 삶을 보다 진실하게 만들려고 한다면 행복과 쾌락에 대한 욕구를 줄여야 한다. 큰 불행을 피해나갈 수 있는 가장 확실한 방법은 너무 큰 행복을 추구하지 않는 것이다.

쾌락을 줄이면 고통도 줄어든다

인생은 즐기는 것이 아니라 많은 고통을 극복하고 인내해야 하는 것이다. 이런 의미에서 보면, 가장 행복한 사람은 정신적·육체적으로 심한 고통을 모르고 일생을 사는 사람이지, 최대 기쁨이나 향락을 부여받은 사람이 아니다. 따라서 고통도 없고 권태롭지도 않다면 어느 정도는 지상의 행복을 달성했다고 보아도 좋다.

어리석은 사람은 향락을 쫓다가 자신의 일생을 망치지만 현명한 사람은 불행을 피한다. 만일 불행을 피하지 못한다면 그것은 운명일 뿐이지 결코 어리석어서가 아니다. 그러나 불행을 피할 수 있다면 그것은 얼마나 큰 다행인가. 너무 지나치게 불행을 피한 결과 불필요할 정도로 향락을 희생하였더라도 결과적으로 손해를 본 것이 아니다. 왜냐하면 향락이란 모두 가공적이며 오래 가지 않는 망상에 불과할 뿐이기 때문이다.

낙천주의에 눈이 멀어 이 진리를 잘못 보는 것은 모든 불행의 근원이다. 괴로움이 없는 동안은 정제되지 못한 욕심이, 있지도 않은 행복의 환영을 마치 있는 것처럼 우리를 유혹하여 그것을 좇게 한다. 그래서 우리는 부인할 여지없이 현실의 고통을 초래하게 된다. 그리고 경솔하게 잃어버린 낙원처럼 이제는 과거의 것이 되어버린 고통이 없는 상태의 상실을 슬퍼하고, 그것을 되찾았으면 하지만 어쩔 수 없는 헛된 일이 되고 만다.

행복에 집착하지 마라

자신의 노력과 재능이 부족하기 때문에 행복을 얻지 못하고 있는 것은 아닐까? 이런 생각으로 행복을 구하는 데만 너무 몰두하는 것은 좋지 않다. 다른 것은 다 제쳐두고 행복을 찾기 위한 노력에만 몰두한다면 정반대의 결과를 초래할 수도 있기 때문이다.

즉, 행복에 대한 심한 집착은 그 반대의 결과를 가져올 수도 있기 때문이다. 행복하기 위해 너무 애쓴 결과 불행만 가득 손에 쥘 수도 있다는 것이다. 이러한 불행은 고뇌와 질병, 손실, 번민, 가난, 굴욕 등, 여러 가지가 있으며, 나중에 그 허망한 꿈에서 깨어난다고 하더라도 이미 때가 늦을 수 있다.

행복이라는 손님을 맞이하기 위해선 먼저 마음의 방을 비워두어야 한다. 행복이라는 환상에서 벗어나기 위해 애쓰는

것, 이것이 우선 우리에게 필요한 일일 수 있다. 집착은 우리
의 인생을 피폐하게 만든다. 집착만큼 우리의 삶을 오랫동안
아프게 파고 들어가는 병은 없는 것이다.

행복의 비밀

아름다운 풍경을 보면 마음이 기뻐지는 것은 복잡하지 않은 단조로움이 행복의 요건이라는 사실을 드러내는 증거이다. 행복은 조용하고도 단조로운 생활 속에서 우러난다. 우리가 단순하게 살 수 있다는 것은 사실 얼마나 큰 행복인가.

세월이 흘러 오랜 인생을 경험해 본 사람들은 알고 있다. 쾌락과 향락이 눈으로는 보이지만 가까이 가면 사라져버리는 신기루와 같은 것을. 반면 고뇌와 고통은 현실성을 띤 실재적인 것이라는 것. 이러한 교훈을 깨달으면 행복과 향락의 추구를 그만두고, 오히려 고통과 고뇌가 다가오는 길을 차단하려고 노력하게 된다. 이 세상에서 얻을 수 있는 최고의 선물은 고통 없이 잔잔한 생활이다. 불행해지지 않으려면 특별히 행복해지기를 바라지 않는 것. 그것이 오래도록 행복하게 살 수 있는 가장 확실한 비결이다.

4장
자신만의 삶의 역사를 써라

나 혼자만의 운명을 살아가고 있는
나는, 세상에서 가장 특별한 존재이다.

내 인생은 내가 연출한다

내 인생을 책임질 수 있는 사람은 세상에 오직 나 자신뿐이다. 나의 삶, 나의 인생을 온전히 책임질 수 있는 유일한 사람은 바로 나 자신이다. 모든 책임이 나에게 달려 있다는 사실을 안다면 얼마나 홀가분하고 자유로운가.

세상은 비참한 사람에게는 비참하고, 공허한 사람에게는 공허하다. 삶이 어떤 것으로 다가오는가 하는 문제는 그 사람이 가진 성향에 따라 얼마든지 달라질 수 있다. 긍정적인 성격을 가진 사람은 운명이 아무리 비극적이라고 해도 그것이 보다 나은 미래를 위한 하나의 과정으로 받아들인다.

우리가 취해야 할 바람직한 삶의 자세는 이런 것이다. 다른 사람을 내 방식대로 움직이는 것이 아니라, 나 자신의 삶을 더 분발하게 하고 발전시키는 것이다.

나에겐 모든 것을 스스로 선택할 수 있는 힘이 있다. 과거의 향수를 누리면서 새로운 미래의 시간을 용기를 가지고 준비하라. 이 세상 어느 누구도 나의 인생을 바꿀 수 없다. 내 인생의 주인은 오직 나뿐이다.

인생의 설계도

　건설 현장의 인부들은 건물이 어떤 의도로 설계되었는지에 대해 전혀 알지 못한다. 그리고 그 건물의 설계에 대해서 알고 싶어 하지도 않는다. 만약 당신이 소중한 인생의 하루나 매 순간들을 그대로 흘려보내는 것은 인생 전체의 설계를 생각하지 않는 어리석은 행동이다. 당신은 당신 인생의 주인이지 고용된 인부가 아니라는 것을 명심하라.

　인생의 설계도를 작성하기 위해서는 먼저 나 자신에 대한 사전지식이 필요하다. 내가 진정으로 원하는 것이 무엇이고, 나에게 행복을 안겨주는 근본적인 조건이 무엇인지를 알아야 한다. 동시에 내가 살고 있는 삶에 대한 분명한 의지 또한 필요하다.

내게 주어진 이 순간을 새로운 기회로

인간의 희망은 절망보다 높은 곳에 있다. 그리고 영원히 지속된다.

바로 지금 이 순간만이 당신의 시간이다. 지금은 당신을 위해 예정된, 다른 모든 순간과 구별되는 특별한 순간인 것이다.

어떻게 살 것인가? 이 문제는 한 순간에 해결되는 것이 아니다. 그것은 수많은 계획과 행동, 선택 그리고 반성을 통해 조금씩 이루어진다.

우리 앞에 펼쳐진 하루하루는 새롭고 신선하다. 그 시간들은 우리가 지금 자신을 위해 사용할 수 있는 시간이다. 우리는 깨끗하고 순수한 마음으로 그 시간을 맞이할 수도 있지만, 과거의 상처와 원한, 두려움으로 그 시간들을 보낼 수도 있다.

그 선택은 바로 우리가 하는 것이다. 우리는 이 세상을 살아가면서 수많은 선택을 한다. 그러나 그 선택의 순간들을 일상화된 관습에 포함시켜서 습관에 따라 행동해 버리고 만다. 그 순간순간의 선택들이 모여 당신의 삶이 된다는 사실을 기억해야 한다.

삶은 우리가 원하는 것을 성취할 수 있는 기회를 연속적으로 제공한다. 단지 그 첫걸음이 어려울 뿐이다. 흐르는 시간 속에서 우리는 자신의 인생을 돌아보게 된다. 인생이 펼쳐지는 시간마다 우리는 새로운 길의 가능성을 느끼며 우리를 발전시킬 수 있는 기회를 얻게 된다. 그러므로 기회가 찾아오면 두려움에 떨지 말고 용감하게 첫발을 내딛어야 한다.

낮은 곳에서부터 시작하라

가장 높은 곳에 올라가려면 가장 낮은 곳에서부터 시작하라.

이 세상에 살고 있는 사람들의 수만큼이나 삶의 방식들도 다양하게 존재한다. 지금 내가 받아들이는 삶의 방식은 단지 나에게만 중요할 뿐이다. 나만의 특별한 삶의 방식을 다른 사람들에게 강요하거나 함께 나누려고 하는 것도 미련한 짓이다. 이 세상에서 나와 동일한 운명을 가지고 과거와 현재, 그리고 미래의 시간까지 함께 살아갈 사람은 아무도 없다.

지금 내게 일어나고 있는 일들은 지난날 내가 선택한 일의 결과에 의해 이루어지고 있다. 또한 내가 지금 선택한 일로 인해 미래의 숱한 일들이 벌어지게 될 것이다.

내가 불완전한 존재라는 사실을 인식하고 받아들일 수 있을 때, 비로소 나는 완전한 인간이 되는 것이다. 내 영혼의 버팀대가 될 수 있는 것은 나의 의지와 결심이다. 그 사실을 알고 실천할 수 있다면 나는 행운이 가득한 사람이다.

내가 살아가는 인생에 분명한 목적이 있다면 한 눈 팔지 않을 수 있다. 우리 일에 간섭하는 사람의 비난이나 칭찬에 신경 쓰지 않고 오직 목적을 향해 앞으로 나아갈 수 있기 때문이다.

163

자신만의 고유함을 잃지 마라

내가 하는 모든 행동은 나의 것이다. 따라서 다른 사람의 행동을 내 행동의 거울로 삼을 수는 없다. 나는 다른 사람과 똑같은 환경이나 상황에 처해 있지 않으며, 사회적 관계역시 그와 동일한 것이 아니기 때문이다.

다른 사람과 나는 성격이 다를 뿐만 아니라 어떤 일을 하기위한 행위의 동기도 다르다. 만약 두 사람이 같은 일을 하게되더라도 그 결과는 차이가 많이 날 수 있다.

삶을 살아가면서 자신만의 독특한 고유함을 가지는 일은매우 중요하다. 만약 그 고유함을 잃게 된다면 자신이 하는행동과 자아는 분리된다. 나도 타인도 아닌 뒤죽박죽 인생이되고 마는 것이다. 그러므로 깊은 사고와 냉철한 판단력을 바탕으로 본성이 이끄는 대로 행동하는 것이 자신의 삶을 살아가는 가장 현명한 방법이다.

삶의 용기와 지혜

목장에서 한가롭게 풀을 뜯고 있는 양은, 어느 양을 잡아먹을 것인가 고민하고 있는 도살자가 바로 주위에 있다는 사실을 깨닫지 못한다. 우리 인생의 도살자는 재난과 질병, 박해, 빈곤, 죽음 등이다. 우리는 그 도살자를 '운명'이라는 이름으로 부르기도 한다.

냉소와 폭력과 타락으로 가득 차 있는 세상을 긍정적인 시선으로 바라보려는 사람은 드물다. 누구나 운명의 지배를 받으며 살고 있다. 그렇기 때문에 운명과 싸워나갈 철저한 대비가 필요하다. 운명이 너무 가혹하다고 해서, 그것 때문에 삶을 비관하거나 낙담하고만 있는 것은 아무 도움이 되지 않는다. 그 운명과 싸워 이길 수 있는 무기를 구하라. 용기와 지혜라는 무기를!

현명한 사람들은 이 세상에서 구할 수 있는 것이 행복이 아니라 지혜라는 사실을 알고 있다. 눈이 착시 현상을 일으키면 똑바른 사물이 삐뚤어져 보이는 것처럼 우리는 세상의 가치를 거꾸로 보는 실수를 저지르지 말아야 한다. 지혜야말로 삶의 구원병이라는 사실을 깨달았을 때 세상의 올바른 가치를 알게 된다.

인생은 투쟁의 연속이다

신이 있다면, 나는 그 신이 되고 싶지 않다. 이 세상의 모든 비극이 내 가슴을 찢을 것이기 때문이다.

인간은 끊임없이 싸운다. 태어나면서부터는 자기 자신과 싸우고, 나이를 먹어서는 다른 사람들과 싸우기도 한다. 인류의 역사는 전쟁과 투쟁의 연속이라고 해도 과언이 아니다. 평화로운 세월은 짧은 휴식처럼 얼마 되지 않았다. 개인의 생활역시 끊임없는 갈등과 다툼의 연속이다. 그 다툼은 자기와의 싸움일 뿐만 아니라 타인과의 싸움도 의미한다.

우리는 도처에서 적을 발견하고 처참하게 싸운다. 어떨 때는 내부에서 적이 발견되기도 한다. 인생을 싸움터라고 생각해야 하는 것은 슬픈 일이다. 그러나 그것이 인생의 진실이며, 여기에 인생의 비극이 있음을 어찌할 것인가.

현재를 소중히 하라

　인생을 올바르게 살아가는 비결은 현재와 미래에 대한 주의를 게을리하지 않는 것이다. 천박하고 분별력이 없는 사람은 눈앞의 일에 집착한다. 소심하고 걱정이 많은 사람은 미래에 대한 염려 속에서 살아간다. 행복은 미래에 있다고 생각하면서 현재를 돌아보지도 즐기지도 않는다. 그러나 현재를 소홀하게 생각하는 사람은 자신의 인생에 대한 근본적인 설계를 잘못해 자신의 인생을 망치고 있는 것이다. 그들은 죽음과 대면하는 순간에도 미래에 대한 낭만적인 기대를 하다가 허망하게 일생을 마감한다.

　불행은 미래적인 개념이다. 막연한 미래 때문에 현재의 평화로운 상태를 포기하는 것만큼이나 어리석은 일은 없다. 현재의 평안을 유지한다면 불행은 결코 찾아오지 않을 것이다.

괴롭고 힘들었던 과거를 회상하는 것은 현재의 평안을 오래 유지시킬 수 있는 좋은 방법이다. 그러나 우리는 마음이 편하고 건강할 때에는 아무런 생각 없이 귀중한 시간을 그대로 흘려보내다가 걱정과 근심이 생겼을 때 비로소 지난날을 되새긴다. 현재의 행복한 시간을 무관심하게 보내지 말아야 한다. 현재의 시간은 언제나 과거 속으로 사라지고 있다. 우리가 현재의 시간에 몰두할 수 있을 때 과거는 기억 속에서 불멸의 빛을 뿌리게 되는 것이다.

만약 미래를 풍요롭게 만들고 싶다면 과거의 기억이 가르쳐 주었던 그 무엇을 깨닫기 위해 노력하라. 지금 지나가고 있는 오늘 하루는 내 인생에서 제외할 수 없는 인생 그 자체이다.

인생의 하루는 작은 일생이다

우리 인생의 하루는 작은 일생이나 마찬가지다. 아침에 잠이 깨어 일어나는 것이 탄생이라면 점심때는 짧은 청년기를 맞는 것과 같다. 그러다가 저녁, 잠자리에 누울 때는 인생의 황혼기를 맞는 것이라는 사실을 알아야 한다.

하루하루는 인생을 풍요롭게 만드는 자양분이 되어야 한다. 하루하루를 소홀히 보내지 말아야 한다. 우리에게 주어진 시간은 그 무엇으로도 보충할 수 없는 것이라는 사실을 명심해야 한다.

모든 결정은 아침에 하라

저녁에는 중대한 사건을 처리하거나 어려운 결정을 내리지 마라. 어둠이 내리면 주위의 사물을 분명하게 바라볼 수 없는 것처럼 우리의 의식도 선명하지 않기 때문이다.

저녁이 되어 하루를 마감할 때가 되면 우리의 몸과 마음은 피로해진다. 그 때문에 이해력과 판단력이 흐려지는 것은 막을 도리가 없다. 따라서 현실을 올바르게 판단할 수 있는 이성도 무뎌진다. 불안감은 어둠과 쉽게 결합하며 우리가 느끼는 불안은 어둠 속에서 더욱 커진다. 판단력이 흐려지면 상상력은 더욱 날카롭게 변한다. 상상력은 날카로울수록 위험한 것이다. 상상의 날개는 모든 사물이 음울한 모습과 불길한 형태를 취하게 되면서 우리를 괴롭힌다.

아침이 되면 우리의 정신은 보다 왕성하게 활동하기 시작한다. 모든 사물들이 선명하게 인식되면서 그 기능을 충분히 발휘하는 것이다. 처리할 사건이나 중대한 결정이 있다면 그때 내리는 게 좋다. 그러므로 그 귀중한 시간을 늦잠으로 단축시키거나 헛된 일에 낭비해서는 곤란하다. 아침 시간을 삶의 가장 중요한 부분으로 인식하라.

우리의 삶도 피곤한 저녁 시간보다는 맑고 선명한 아침 시간을 닮아야 한다. 공기 중에 녹아 있는 신선함과 생명의 풋풋함을 아침에 맘껏 호흡하라. 그것은 저녁의 어스름한 어둠 속에 떠 있는 피곤함이나 몽롱함과는 완전히 다른 것이다. 또 기억하라. 아침 공기는 불쾌하거나 우울하던 그 전날의 기분을 완전히 없애버리고 새로운 희망의 기운을 안겨 준다는 것을.

나를 찾아가는 여행

아름다움의 향기는 좀처럼 사라지지 않는다. 우리는 때 묻지 않은 순수함으로 돌아갈 필요가 있다. 그런 사람이야말로 진정 아름답다고 할 수 있다.

명상은 자신의 내면으로 들어가 진정한 자아와 만나는 행위이다. 명상을 통해 우리는 자신이 진정으로 원하는 것이 무엇인지를 알게 되며, 인간 본래의 순수함과 만나게 된다.

영원한 시간의 흐름과 비교한다면 우리의 삶은 한 순간이나 마찬가지다. 불교에서 말하는 찰라 같은 삶을 우리는 살고 있다.

우리는 모두 어떤 존재인가? 이런 물음은 찰라 같은 삶을 살아가는 우리에게 가장 중요하고 절박한 문제이다. 하지만 대부분의 사람들은 이런 사실을 인식하지 못하고 살아간다. 그들은 오직 현재 일어나고 있는 일이나 가까운 미래에 일어날 일만을 생각한다. 대부분의 사람들은 인간 존재에 대한 문제를 회피하며 또한 성급하게 해답을 내린다.

사색과 명상

다양한 인생의 가치를 이해하고 깨닫기 위해서는 진지한 성찰과 함께 많은 노력이 필요하다. 다른 사람들과의 관계를 통해 우리는 중요한 인생의 교훈을 배운다. 그러나 우리는 그 교훈들을 그 당시에는 거의 이해하지 못하는 경우가 많다.

지혜로운 사람은 혼자 있을 때에도 사색을 통해 진정한 즐거움을 맛본다. 그러나 미련한 사람은 고독을 견디지 못해 연회를 베풀거나 연극을 관람하고 여행을 즐기면서도 그림자처럼 따라다니는 권태에서 벗어나지 못한다.

당신이 걸어갈 길은 스스로 선택하는 것이 좋다. 당신에게 주어진 기회가 있다면 그것을 놓치지 않고 효과적으로 이용하는 것이 지혜로운 삶의 방식이다. 경험하지 않은 일이라고 미리 겁먹을 필요는 없다. 사색과 명상이 당신의 길을 밝혀주는 등불 역할을 해줄 수 있기 때문이다.

물론, 다양한 경험을 쌓는 일 또한 매우 중요하다. 경험은 우리의 삶에 유익함을 안겨 주는 동시에 지혜까지 안겨 주기 때문이다. 그러나 모든 경험이 우리에게 유익한 것은 아니라는 것을 잊지 말아야 한다. 경험하지 않아도 좋은 일들을 경험한다면, 혹은 해서는 안 될 경험을 하게 된다면 마음에 깊은 상처를 간직한 채 인생을 살아갈 수도 있기 때문이다.

　간접적인 경험을 할 수 있는 책을 고를 때도 역시 신중해야 한다. 모든 책이 반드시 옳은 것은 아니다. 그리고 모든 책이 다 우리에게 유익한 것은 아니다. 그래서 무엇이 우리에게 필요하고, 무엇이 우리에게 유익한 것인가를 선별할 수 있는 눈이 반드시 필요하다. 책에 있는 사상을 진정한 자신의 것으로 만들기 위한 올바른 독서가 무엇보다 중요하다.

사색의 중요성

하찮은 경험이나 약간의 독서로 얻은 지식을 마치 자신의 생각인 것처럼 자랑하면서 떠벌리는 사람은 미련하다. 사색의 깊이가 없는 지식은 향기를 지니지 못하고 금방 그 정체를 드러내기 때문이다.

독서에서 얻을 수 있는 사상은 아무리 고귀한 것이라고 해도 당신의 사색에서 우러나오는 지식보다는 못하다. 생명이 있는 꽃에는 향기가 있지만 화석이 된 꽃은 아무리 아름다운 꽃이라고 해도 향기를 풍기지 않는다. 당신의 정신 속에서 불타고 있는 사상이 생명이 있는 꽃이라면 책에 있는 사상은 화석이 된 꽃과 같다.

다른 사람으로부터 배워서 얻은 진리는 우리의 머릿속에서 기억될 뿐 내가 가지고 있는 사상이나 생각과 쉽게 어울리지

않는다. 그것은 마치 물로 빵을 만드는 것과 같다. 억지로 다른 사람의 사상을 받아들이기보다는 자신의 사상을 더욱 승화시켜라. 그것을 가능하게 해주는 것이 사색과 명상이다.

진정한 사색가는 군주와 비슷하다. 그는 남의 힘을 빌리지 않고 자신이 정립한 지위를 갖고 자신 위에 서려는 자는 누구라도 인정하지 않는다. 그 판단은 군주가 결정하는 경우와 같이 자신의 절대적 권력에서 내려져 자신에게 그 근거를 가진다. 즉, 군주가 다른 사람의 명령을 승인하지 않는 것과 같이 사색가는 권위를 인정하지 않고 자기가 참인 것을 확인한 것 이외에는 승인하지 않는 것이다.

현명한 사람

저만치 떨어진 곳에서 그림을 바라보면 매우 아름답게 보일 것이다. 하지만 아주 가까운 거리에서 그림을 바라보면 실망하기 일쑤다. 무질서하게 마구 칠해져 있는 물감들을 볼 수 있기 때문이다.

바로 눈앞에 있는 작은 일에 얽매여 미래의 중요한 일을 그르치는 일이 있다. 아주 작은 물체라도 눈앞에 있게 되면 그것은 우리의 시선을 가로막아서 외부 세계의 다른 것들을 차단해 버리는 것이다. 우리와 가까운 곳에 있는 것들은 때때로 아주 보잘것없는 것임에도 불구하고 우리의 주목을 끈다. 가끔 우리는 그 일에 시간을 빼앗겨서 다른 중요한 일을 처리하지 못하기도 한다.

인간은 신으로부터 다른 동물들이 지니지 못한 선물을 받았다. 그것은 바로 '이성'이라는 것이다. 그럼에도 불구하고 자신의 감정과 충동대로 행동하는 사람이 있다. 신의 소중한 선물을 받았음에도 제대로 활용하지 못하는 사람들이다. 신중하지 못한 행동들은 나중에 분명히 불리하게 작용을 해 손해를 보게 된다. 벌을 받는 것은 악당뿐 아니라 신중함과 지각이 없는 사람도 벌을 받게 되어 있다. 세상을 살아가면서 우리가 경계해야 할 점은 자신의 감정과 충동대로 행동하는 것이다.

자신의 감정을 억제할 수 있는 사람이야말로 진짜 현명한 사람이다. 이성을 가진 사람의 머리는 사자의 발톱보다 날카로운 무기가 될 수 있는 것이다.

183

풍요로운 정신

   세상에는, 감각이 예민한 사람과 감각이 예민하지 않은 사람들이 있다. 감각이 예민한 사람은 권태를 덜 느끼는 대신에 고통은 두 배로 받아들인다. 반면에 감각이 예민하지 않은 사람들은 고통보다는 권태를 더욱 참기 힘들어 한다. 감수성이 부족하기 때문이다. 권태를 느끼는 사람은 이런 상태에서 벗어나기 위해 외부에서 자극을 찾는다. 하지만 그것은 잘못된 생각이다. 권태에서 벗어날 수 있는 가장 효과적인 방법은 내면의 부를 쌓는 일이다. 풍요로운 정신은 모든 종류의 권태를 물리칠 수 있다는 것을 명심해야 한다.

185

시간과 공간

우리의 삶은 시계추와 비슷하다. 고뇌와 권태 사이를 끊임없이 반복하기 때문이다. 시간은, 모든 것을 무의 상태로 돌아가게 하며, 시간은 우리가 겪는 고통을 가중시킨다. 그것은 우리를 끝없이 몰아내며 채찍질한다. 그러나 누군가가 시간의 채찍질을 멈추게 해주면 이번에는 권태라는 놈이 나타날 것이다.

우리는 시간과 공간은 무한하다고 느끼지만, 그 무한한 시간과 공간 속에 있는 우리의 존재는 유한하다는 사실을 깨달을 때가 있다. 그때 우리는 허무함을 느낀다.

현재는 지속되지 않는다는 것도 알고 있으며, 모든 사물은 한 곳에 머물러 있지 않는다는 것도 알고 있다. 우리는 언제나 희망을 품고 있지만 만족을 얻기 어렵다는 사실 또한 알고

187

있다. 아아, 이 모든 것이 우리에게 허무를 느끼도록 만든다.

평범한 사람들은 시간을 소비하는 데 마음을 쓰고, 재능 있는 사람은 시간을 활용하는 일에 신경을 쓴다.

과거와 미래

미래는 우리가 미처 예상하지 못했던 모습으로 다가오기도 한다. 그렇다면 과거는 과연 우리가 생각하는 그대로의 모습이었을까?

미래나 과거의 순간은 현재의 시간에 비하면 보잘것없다고 생각하라. 오직 현재만이 소중한 가치를 가지는 것이다. 일정한 간격을 두고 바라보는 사물은 실물보다 작은 것처럼 보인다. 환상이나 기대감을 가지고 사물을 바라보면 실물보다 훨씬 크게 보인다. 그러나 모든 사물은 그것이 가진 크기대로 존재할 뿐이다. 과거처럼 물러나서도, 미래처럼 환상도 가지지 말고 오로지 현재 있는 그대로의 눈으로 바라보아야 한다.

상상 속에서 불안에 떨고 있는 사람이 있다. 상상 속일지라도 불안은 무서운 고통을 동반하기도 한다. 그러나 그것은 현실이 아니다. 미래의 불안은 미래의 것이다. 그러므로 현실의 나와 멀리 떨어져 있는 불안에 대해 걱정하는 것은 몹시 어리석은 일이다.

지금 이 순간에도 미래에 대한 상상으로 인해 불안에 떨고 있는 사람이 있다. 그런 사람이 만약 당신이라면 조금이라도 빨리 꿈에서 깨어나기를 바란다. 모든 걱정은 환상에 불과한 것이다. 조금만 고개를 돌리면 평화로운 현실이 있다.

불안은 미래에 닥쳐올 불행에 대비할 수 있는 힘을 주기도 한다. 불행이 닥쳤을 때의 고통을 미리 생각하기 때문에 그 무게를 덜어 줄 수도 있는 것이다. 그러나 있지도 않을, 상상 속의 불안은 종종 극단적으로 흐르기 때문에 우리에게 이득보다 손해를 안겨준다.

침묵은 금이다

사람과의 관계에서 때로는 침묵하는 것이 지혜로운 일일수도 있다. 시의적절하게 침묵하는 것은 어떤 웅변보다도 낫다. 허영심이 사람을 수다스럽게 만든다면, 자존심은 사람을 과묵하게 만든다. 허영심에 가득 차 있는 사람은 자신을 알리기 위한 가장 좋은 방법이 말을 하는 것보다 침묵을 지키는 것이라는 사실을 모른다.

다른 사람에게 선한 일을 했다면 그것은 그냥 덮어두는 것이 좋은 일이다. 그 일로 인해 칭찬을 받고 싶은 유혹에 빠져서는 안 된다. 허영심은 일시적일 뿐이지만 공적은 덮어두어도 저절로 드러나고, 또 그것은 사람들에게 오랫동안 기억된다.

자신의 부족함을 감추기 위해 일부러 화려한 모습으로 모임에 나타나는 사람이 있다. 그 사람은 위선적이며 과장된 우월감으로 가득 차 있다. 그는 선량한 풍모와 고상한 행동, 점 잖은 말씨로 자신의 진짜 모습을 감추려 한다. 그러나 이런 거짓된 우월성은 금세 그 정체가 드러나고 말 것이다.

　허영심에 들떠 있는 사람은 자신에 대한 존중을 외부로부 터 얻으려고 하기 때문에 끊임없이 다른 사람의 시선을 의식 한다. 그리고 그 시선을 자신에게 돌리기 위해 쉴 새 없이 말 을 한다. 말이란 많이 하면 할수록 허점만 드러나기 마련이 다. 허영심에 사로잡힌 사람은 말의 함정에 빠져서 결국 자신 의 바닥을 드러내고 만다.

참다운 진리

진리를 발견하는 데 가장 방해가 되는 것은 선입견과 편견이다. 선입견과 편견은 육지로 향하던 배를 바다 한가운데로 밀어버리는 사나운 태풍과도 같다.

지혜와 빛은 서로 닮은 점이 많다. 빛의 방향에 따라 풍경의 다양한 모습이 연출되는 것처럼 지혜 또한 인생을 다양한 각도로 비춰주면서 거기에 맞는 교훈을 발견하게 해주는 것이다.

행복의 조건

행복을 얻기 위해 용기는 지혜 다음으로 중요하다. 그렇지만 용기나 지혜가 저절로 커지는 것은 아니다. 지혜는 어머니로부터, 용기는 아버지로부터 배운다. 그리고 그 지혜와 용기는 노력과 훈련에 의해 더욱 키울 수 있다.

형편이 나보다 못한 사람을 생각하라. 그것이 바로 삶을 밝히는 지혜의 등불이다. 만족한 인생을 살아가려면 무엇보다도 먼저 나 자신을 다른 사람과 비교하지 말아야 한다. 다른 사람과의 비교는 질투를 유발시키는 촉매제일 뿐이다.

진정한 자유

이 세상 모든 사람들은 자유를 원한다. 그러나 고삐 풀린 망아지처럼 제멋대로 돌아다니는 것이 진정한 자유는 아니다. 진정한 자유는 스스로의 욕망을 통제하는 과정에서 비롯된다.

삶은 단순한 것이다

우리 인생에서 가장 중요한 것은 우리가 알지 못하는 순간에 일어난다.

삶은 단순한 것이다. 우리의 생활은 그 단순한 흐름에 쳇바퀴처럼 돌아가는 것이다. 그렇게 생각하면 인생은 참을 수 없을 정도로 따분한 것처럼 여겨질 것이다.

다른 것은 진보하는데 혼자 머물러 있다면, 인식과 통찰이 그대로라면, 사물과의 관계에 대한 이해 역시 예전 그대로라면 인생은 얼마나 지루할 것인가?

그러나 인생은 따분하지도 지루하지도 않다. 시간이 흐르면서 우리는 항상 사물들의 새로운 면을 볼 수 있기 때문이다. 그것은 사물을 인식하는 우리의 사고가 계속 변하고 있다는 것이다. 그로 인해 우리는 여러 가지 체험을 하고, 보다 성숙한 자아를 가질 수 있게 된다.

정신을 집중하고 일에 몰두해 보면 여러 가지 좋은 일이 생길 것이다. 어제의 시간은 분명히 오늘과 다르다. 우리는 얼마나 많은 변화 속에서 살아가고 있는가. 하루하루는 언제나 새롭게 우리를 가르친다. 지루하고 따분할 틈이 없다.

노년의 지혜

청년기에는 주관이 지배하고 노년기에는 사색이 지배한다. 청년기는 작가로서 알맞은 시기요, 노년기는 철학자로서 적합한 시기다. 일을 실천하는 데도 청년기는 자신의 주관에 따라 결심하지만 노년기에는 대부분 사색한 다음 결정한다.

청년 시절, 고독 때문에 적막이나 외로움을 느끼는 일이 있더라도 노년에는 그런 모든 경험이 삶의 중요한 재산으로 남게 된다. 노년기에는 재물이나 명예 같은 것들은 아무런 소용이 없다는 사실을 깨닫게 된다.

아무리 어리석은 사람이라도 노년이 되면 삶이 주는 이러한 진실을 깨닫지 않을 수가 없다. 늙고 병든 몸에 재산과 명예는 아무런 도움이 안 된다는 것이다.

인생의 마지막 순간까지 남아 있는 유일한 재산은 바로 지혜이다. 그 지혜의 소중함을 얼마나 빨리 깨닫는지에 따라 어떻게 인생이 마감될지 결정된다.

인간은 결국 혼자다

우리 인생에서 다른 사람에게 베풀 수 있는 것들은 지극히 한정되어 있다. 결국 인간은 혼자서 살아갈 수밖에 없다는 사실을 명심해야 한다.

어떤 상황에서든 결국 인간은 자기 자신에게 돌아갈 수밖에 없다. 그럼에도 불구하고 우리는 자기 자신보다는 다른 사람에게 의지하고 그들에게 무엇인가를 바라게 된다. 내가 원하는 대로, 또 내가 원하는 모습으로 그 사람이 나에게 다가오길 바라지만 그것은 어디까지나 나의 바람으로만 그칠 뿐이다.

유심히 관찰해 보라. 당신은 그 사람을 당신의 기준으로 만들려 하고 있지는 않은지. 당신은 그 사람이 가진 모습 그대로 바라보는 것은 매우 중요하다. 그 사람의 객관적인 모습을 솔직하게 인정하는 것이 무엇보다 중요하다.

경험은 살아있는 지혜

어떤 상황에 부닥칠 때마다 그것은 당신이 최초로 경험하는 것이다. 세상에서 두 번 세 번 경험하는 것은 없다. 왜냐하면 그 상황들은 모두 새로운 상태에서 오기 때문이다.

부정적인 경험을 통해 얻는 교훈은 긍정적인 경험에서 얻게 되는 교훈보다 더 많은 것을 배울 수도 있다.

지성이란 그것을 갖고 있지 않는 사람에게는 보이지 않는다.

욕망을 다스리는 열쇠

선량하고 지혜로운 사람은 어려운 환경에서도 그 안에서 만족을 느낄 수 있는 무엇인가를 찾아낸다. 그러나 욕심이 많고 어리석은 사람은 수많은 재물을 소유하더라도 결코 만족을 누리지 못한다.

인간은 욕망대로 살 수는 없다. 평화롭게 살아가는 비결은 욕망을 절제하는 데 있다. 이건 틀린 거야, 라고 스스로에게 확실히 다짐할 수 있어야 한다. 그 욕망이 다른 사람의 희생을 요구하는 것이라면 더욱 그렇다. 욕망을 다스리는 비밀의 열쇠는 먼 데 있지 않다. 바로 우리의 마음속에 있다.

사람들은, 자신의 두뇌나 마음의 양식을 키우기 위한 것보다, 몇 천배나 더 많은 부를 얻기 위해 노력 하고 있다. 그렇지만 우리들의 행복을 위해 도움이 되는 것은 인간이 밖에 드러나 있는 것보다도 마음속에 가지고 있는 것이다.

욕망은 늘 앞으로 가려고만 하는데 양심은 뒤로 물러나라고 한다. 양심의 길은 곧게 이어지고 있지만 욕망의 길은 복잡하게 뒤얽혀 있다. 당신은, 욕망과 양심의 길 중 어느 쪽을 따라갈 것인가?

204

205

자신을 존중하는 법

사람이 조금 못나 보이거나 초라해 보인다 해도 우리는 그 사람의 인격을 존중해야 한다. 사람의 영혼은 누구나 같기 때문이다.

자신을 존중할 줄 아는 사람만이 다른 사람을 존중할 수 있다. 내가 가지고 있지 않은 것을 다른 사람에게 줄 수 없는 까닭이다. 어떤 사람이 당신에게 믿음을 가지고 있다면 당신은 그 사람으로 인해 자신감을 가질 수 있을 것이다. 자신을 존중할 줄 알고, 상대방을 존중할 줄 알면 자신감은 저절로 생기게 된다.

겸손의 흑과 백

평범한 능력밖에 없는 사람의 겸손은 순수한 마음의 표상이지만 훌륭한 능력을 지닌 사람의 겸손은 위선일 뿐이다.

자신의 존재를 낮추면서 살아가는 것은 세상을 객관적인 시각으로 바라볼 때 가능한 일이다. 그러나 세상의 많은 사람들은 자신의 주관이 더 강하다. 이런 사람들은 근본적으로 자기 자신 외에는 별로 관심이 없다.

자기 주관이 강한 사람들은 자신과 조금이라도 관련이 있는 일이라면 모든 신경과 주의를 그 일에 기울인다. 그러나 다른 사람의 일이거나 자신과 크게 관련 없는 세상일에는 아무런 관심도 없다. 그들은 자신의 이익에 도움이 되지 않는 일이라면 철저히 무시해버린다. 이런 사람일수록 정신은 산만하고 작은 일에도 상처를 입기 쉽다. 사랑과 존경은 밖에서 서성거릴 뿐 그에게 찾아오지 않는다.

명예는 자신의 가치를 증명하는 것

명예는, 객관적으로는 나의 가치에 대한 다른 사람의 의견이다. 주관적으로는 그 의견에 대한 나의 존중이다.

명예는 그 자체로 존중하고 인정할 만한 일이다. 사람은 누구나 자신이 당당한 인격을 갖추고 사회의 유용한 일원으로 공동생활에 참여할 수 있다는 인정을 받기 위해 노력한다. 또한 사회가 요구하는 일을 훌륭하게 처리하는 과정을 통해 한 사회의 구성원으로 자리를 잡는다. 그런 과정 속에서는 다른 사람의 인정을 받는 것이 더없이 중요하다. 명예는 그렇게 싹 트는 것이다.

자기 자신과 다른 사람에게 적극적이고 긍정적인 자세를 보이는 것은 이 세상을 살아가는 데 큰 힘을 발휘하게 된다. 부정적인 생각이나 잘못된 판단을 적극적이고 긍정적인 사고로 바꾼다면 그의 인생 또한 긍정적인 결과를 가져오게 된다.

명성은 자신이 노력으로 얻는 것이지만, 명예는 잃지 않으면 되는 것이다. 명성을 잃는 것은 이름을 잃는 소극적인 것이지만, 명예를 잃는 것은 치욕이며 적극적인 것이다. 명예를 잃는다는 것은 곧 생명을 잃는 것과 같다. 명예를 잃었을 때 그 사람은 이미 죽은 것이나 다름없기 때문이다.

　명예는 밖으로 나타난 양심이며, 양심은 내부에 깃든 명예이다.

진실은 숨어 있다

세상을 살아가는 동안 우리는 참으로 다양한 직업들을 가진 사람들을 만난다. 그러나 그들의 이런 외적인 요소가 그들의 참모습은 아님을 명심해야 한다.

직업은 가면에 불과한 것이다. 가면 뒤에 현실에 대한 욕망과 참모습이 숨어 있다는 것을 잊지 말아야 한다. 그보다 먼저, 사람들이 가면을 쓰고 살아간다는 사실을 깨닫는 것이 무척 중요하다. 그 사실을 깨닫지 못한다면 우리는 혼란스러움에 빠져 헤맬 것이다.

211

지혜의 길

　우리 인생에서 사교에 대한 강렬한 충동을 느끼는 시기가 청년기다. 이 시기에는 자신과 비슷한 사람들과의 접촉과 갈등을 통해 보다 많은 경험을 할 수 있다. 남에게 도움을 주거나 남의 위로를 받기도 하며, 또는 분쟁과 다툼을 통해 고통을 경험하기도 한다. 명심해야 할 것은, 이러한 사교가 지혜로 들어가는 길을 막아서는 안 된다는 것이다.

　사교는, 그것이 뜻대로 되지 않았을 때 공허함을 주기도 하지만 한편으로는 다른 사람과 더불어 살아가는 방법을 제시한다. 그러나 그것이 반드시 올바른 지혜일 수는 없다는 것을 기억해야 한다. 모든 사람들이 올바르다고 하는 진리도 때로는 진리가 아닐 때가 있는 것이다. 사교와 지혜 사이에 좁은 길이 하나 있다. 우리에게는 그 길을 걸을 수 있는 용기가 필요하다.

함께 사는 법

자신이 소유하고 싶은 것을 다른 사람으로부터 빼앗으려고 하는 사람이 있다. 심지어 자신의 행복을 위해 다른 사람의 행복을 짓밟는 사람도 있다. 이런 심성을 가진 이기주의자는 다른 사람들을 괴롭히고 피해만 입힐 뿐 결국 자신은 아무런 이득을 얻지 못한다.

우리는 자연에서 태어났다. 그 말은 우리가 자연을 벗어날 수 없고 자연의 일부분이라는 뜻이다. 우리 모두 생명의 근원이 같기 때문에 나에게 유익한 일이 다른 사람에게도 유익하다. 그래서 서로의 이익을 위해 다투기보다는 서로 나누고 베풀어야 한다는 사실은 당연한 일이다.

사람은 누구나 다른 사람들 속에 자기를 비추는 거울을 가지고 있다.

다른 사람의 사상만을 받아들일 때 자신의 사상은 발전하지 못하고 상상력도 죽어버리는 법이다. 인간은 생각하는 동물이다. 그러므로 지속적으로 자신의 생각을 키워나가야만 한다.

고통을 극복하는 법

불행하게도 우리의 인생은 환불되지 않는다. 되돌릴 수 없으므로 방탕한 일로 소중한 인생을 낭비할 수는 없다. 현명한 사람이 원하는 것은 더 많은 쾌락이 아니라 고통이 없는 상태이다. 모든 쾌락과 행복이 소극적인 것이라면 고통은 적극적이다. 우리는 쾌락을 즐기지 않으면서 살아갈 수는 있지만 끊임없이 고통을 겪으면서 살아갈 수는 없다.

안타깝게도 우리는 고통을 극복하려는 방법을 배우려고 하지 않는다. 고통의 순간을 통해 무엇인가를 배우기보다는 고통 속에 빠진 채 그곳에서 허우적거리기만 한다. 그리고 고통으로 패인 상처만을 어루만지며 살아간다.

성격이 우울한 사람은 현실에서 만족하지 못하므로 늘 삶에 지쳐 있다. 우울한 사람은 쾌활한 성격의 사람보다 고통을 많이 체험한다. 그 대신에 실재적인 고통에 처했을 때 그는 그 재난을 훌륭하게 견디어 나갈 수도 있다. 삶은 우리에게 어떤 형태로든지 보상하는 것이다.

　패배가 따르는 고통을 자발적으로 겪어 보라. 인품은 그렇게 형성되는 것이다.

진정한 용기

결말이 실패로 끝날 것 같은 상황에 처해 있더라도 한 가닥 희망의 빛이 보인다면 절망하지 말아야 한다. 무거운 먹구름이 하늘을 뒤덮고 있더라도 한쪽 구석에서 작지만 밝은 빛이 세상을 비추고 있다면 결코 희망을 버리지 말아야 한다. 아무리 작은 빛이라도 그 빛은 세상을 환하게 비출 수 있으며 우리의 앞길을 열어줄 수 있을 것이다.

저기 빛이 보이지 않는가. 하늘이 무너지고 땅이 뒤집히기 전에는 용기와 의지가 있는 사람은 결코 쓰러지지 않는다. 그 사람은 어떤 일이든 한 가닥 희망만 있으면 험난한 파도를 보고서도 뛰어들기 때문이다. 이런 사람에게 삶은 두려움의 대상이 아니다.

하지만 안타깝게도 작은 빛보다는 무거운 먹구름만을 의

식하면서 두려워하는 사람이 이 세상에 더 많다. 먹구름은 반드시 걷히게 마련이다. 용기와 의지는 이 험난한 인생을 살아가는 데 반드시 필요한 것이다. 당신에게 진정 용기가 있다면, 그 작은 빛을 위해 자신의 모든 것을 던져 최선을 다하는 의지를 보여야 할 것이다.

자신만의 역사를 써라

안타깝게도 우리의 삶은, 행복을 누리기 위해 있는 것이 아니라 고통을 참고 견디기 위한 것인지도 모른다. 인생의 끝자락에서 우리에게 위안을 주는 것은 인생의 긴 여정 속에서 삶의 고역을 참아왔다는 사실이다.

높은 산으로 올라간 후에야 지금까지 걸어온 길을 한 눈에 바라볼 수 있다. 산길을 올라가는 중간에서는 걷는 데 열중하고 또한 여러 가지 장애물로 인해 잘 보이지 않는다.

마찬가지로 삶의 끝자락에 서 있을 때, 우리는 지금까지 살아온 인생에 대한 정확한 평가를 내릴 수 있다.

강을 거슬러 헤엄치는 사람만이 물결의 세기를 알 수 있는 법이다. 좌절을 경험한 사람은 자신만의 역사를 갖게 된다.

221

그리고 인생을 통찰할 수 있는 지혜를 얻을 수 있다. 그러므로 좌절을 맛보았다고 해서 머물러 있지 마라. 더욱 힘차게 삶의 노를 저어가야 한다.

엮은이 • 임유란

시도 쓰고 소설도 쓰지만 책에 파묻혀 지내는 일에 더욱 능숙
하다. 특히 고전古典의 오래된 향기를 좋아한다. 시집 『여기도
그대입니까』, 장편소설 『숨결』, 『슬픔이 서성이다』, 산문집 『그
대도 나처럼 사랑이 그리운지』, 『오직사랑』 등이 있다.

오늘 행복하기로 결심했다.

초판 1쇄 인쇄일 • 2016년 6월 5일
초판 1쇄 발행일 • 2016년 6월 10일

지은이 • 쇼펜하우어
엮은이 • 임유란
펴낸이 • 임성규
펴낸곳 • 문이당

등록 • 1988. 11. 5. 제 1-832호
주소 • 서울시 성북구 동소문로 65-2 삼송빌딩 5층
전화 • 928-8741~3(영) 927-4990~2(편)
팩스 • 925-5406

ⓒ 쇼펜하우어, 2016

전자우편 munidang88@naver.com

ISBN 978-89-7456-491-9 03800

값은 뒤표지에 표시되어 있습니다.